ヒュー・ホワイトモア
Hugh Whitemore
福田 逸●訳
Fukuda Hayaru

肉体の清算
DISPOSING OF THE BODY

而立書房

肉体の清算

■登場人物

ヘンリー・プリース
アンジェラ　その妻
ベン　二人の息子
アレクサンダー・バーリー
ジョアンナ　その妻
ケイト・プリース　ヘンリーの妹
クライヴ・プール刑事
バセット　ホテルの支配人
ウェイター

■場所

イングランド、一部はロンドンだが、主としてカントリー

■時

現代

第一幕

装置はイギリスの家庭のいくつかの部屋を暗示するもの。スクリーンか、あるいは数枚のパネルなど、何枚かを開けると戸外の樹木が見えるといった工夫が必要。家具は最小限に抑えること。

＊

ロンドン。春の日の午後。
ヘンリー・プリースがカップと受け皿を新聞に包んで、ティー・チェスト（紅茶の輸入用の箱、イギリスの家庭では引っ越しの時によく使う）に詰めている。傍らにもう一つ、一杯に物を入れたティー・チェストがある。ヘンリーは五十代。外見、物腰とも、見るからに普通のイギリス人。妻のアンジェラ登場。活発で美しい、四十代後半の女性、外出着を着ている。

アンジェラ　なにしてるの？
ヘンリー　もう、終わる。
アンジェラ　しなくていいのに。
ヘンリー　どうして？
アンジェラ　任せておいたほうがいいのよ――
ヘンリー　時間の節約になるかと思って。
アンジェラ　――保険の額が違ってくるのよ、割れたりした時に。
ヘンリー　あゝ、かまやしないさ。

ヘンリーは包装と梱包の作業を続ける。

ヘンリー　銀行から電話があった。手続きは、あしただって。全部コンピュータでやるんだろ。小切手一枚書かない。何かくれてもよさそうなもんだがな。

アンジェラがコートを脱ぐ。

アンジェラ　何かって？

ヘンリー　紙切れとかさ。せめて通知書とか。それなりの金が動くんだ、なのに、コンピュータの画面でパパッ、だろ。(最後のカップを包んでしまい終わる) なんていう名前だっけ、この家売ってくれた男？

アンジェラ　ハリス。

ヘンリー　ハリス。そうだった。昼っから、ずーっと思い出そうとしてたんだけどね。

アンジェラ　どうして？

ヘンリー　カーテンのためにここの寸法を測りに来た日のこと——覚えてる？　ハリスさんと僕が寝室の窓際に立っていて。「あの木をご覧なさい」、あの人が言うんだ。「瘤があるでしょう、二股のところに。人間の顔みたいでしょう」。見ると、本当に顔みたいに見えた。おかしな尖った鼻に、飛び出した目をして、笑っている。ところが、二度とそれが見つからない。あの窓から、それこそ何百回、何千回と見たけれど、二度と顔なんか見えないのさ。どうしてだろう？　もう見ることもないわけか。

アンジェラ　なに落ち込んでるの？

ヘンリー　落ち込んじゃいない。

アンジェラ　そう見えるわよ。

ヘンリー　疲れたんだ。

アンジェラ　一日、長かったからね。

ヘンリー　僕たち、間違ってないよな。

アンジェラ　これでいいのよ。

ヘンリー　若かったよな、ここに越した頃は。赤ん坊のいる若夫婦。ストーク・アンバリーに行ったら、向こうの人たちは中年の夫婦が越して来たと思うんだろうな。事実、そのとおりだし。大人になった息子のいる中年夫婦か。

アンジェラ　何かいけないことでも。

ヘンリー　別に。（アンジェラを抱く）気にしなくていい。疲れただけさ。

ヘンリー退場。ティー・チェストが片づけられる。

アンジェラ　ロンドンを引き払って引っ越す先を、特にグロースター地方に決めていたわけではないんです、いわば、運命、巡り合わせとでもいうか。ヘンリーの妹がテトベリーの近くに住んでいて、お昼を食べに行ったことがあるんです。少し早過ぎたので、サイレンセスターの街に寄って、お店を覗いて歩きました。気まぐれに不動産屋に入って、顧客リストに名前を書いておいた。三週間後、手紙でストーク・アンバリーの家を紹介してきました。

＊

初夏。木立が見える。夕方。

アンジェラ　村から半マイルほどの家。見えるところに他に家は一軒もない。私たちが引っ越して数日後、一番近くの住人——アレクサンダーとジョアンナのバーリー夫妻から電話があって、一杯やりに来ないかと誘ってくれました。

ヘンリーがバーリー夫妻とともに登場。夫妻は四十代半ば。アレクサンダーはがっしりしていて、自信にあふれ陽気な物腰。ジョアンナは明るいが、器量はよくない。二人とも着心地よさそうないかにもカントリーらしい服を着ている。

アレクサンダー　私は庭いじりはからきし駄目。すべてジョーに任せっきりです。

ヘンリー　たいしたもんだ。素晴らしい緑じゃないですか。
アンジェラ　私たちのうちなんて、むしろジャングル。
ジョアンナ　ここもそうだったのよ、越して来た頃は。
ヘンリー　ちょっと手入れが行き届かない、それだけのことさ。
アンジェラ　「そぞろ歩きも楽しい広い庭付き」、不動産屋の広告にそう書いてあったわ。文句言えばよかった。
ヘンリー　僕は好きだがな。
アンジェラ　少しは負けてくれたかもしれない。
ジョアンナ　素晴らしい道具があるのよ、下草をやっつけるのに――なんて言ったっけ？――炎で焼くやつ。
アレクサンダー　火炎除草機。
ジョアンナ　そう、火炎除草機。雑草や下草を根こそぎにしてくれるの。見事なもんよ。
アレクサンダー　そう、火炎除草機はいいですよ――それに回転耕運機。サイレンセスターのレンタルの店に行くといい。
ジョアンナ　庭いじりはお好き？
アンジェラ　ヘンリーはね。ロンドンの家には大きな庭があったのよ。
ヘンリー　大きくはない。
アンジェラ　ロンドンにしては大きい。

ヘンリー　大きめかな。
アンジェラ　土地の広さはどのくらい？
ジョアンナ　およそ一エイカー。川までが家なの。
アンジェラ　知らなかった、川があるなんて。
アレクサンダー　ないですよ。ジョーがそう呼んでいるだけ。実際にはちょろちょろ水が流れてるだけ、せいぜい溝ってとこでしょう。
ジョアンナ　なに言ってるの。地図に載ってるのよ、名前まで付いて。
アレクサンダー　ジョーは庭の先に川があるのはロマンチックだと思ってるんですよ。
アンジェラ　ロマンチックよ。
ジョアンナ　陸地測量部作製の地図よ。名前はオコジョ川。
アレクサンダー　イタチの一種です。
ジョアンナ　見に行きましょうよ。
アンジェラ　えゝ、見たいわ。
アレクサンダー　お酒は？　まだ早すぎますか？
ヘンリー　僕はかまわないよ。
アレクサンダー　シャンペンを用意しておくんだった、ストーク・アンバリーにようこそって――まあ あのミュスカデしかない。
ヘンリー　十分だよ。

アレクサンダー　アンジェラは？
アンジェラ　まず川を見てきましょうよ。
ジョアンナ　いいのよ、わざわざ。
アンジェラ　見たいんですもの。
アレクサンダー　落ちないように気をつけて。足を濡らすといけない。

アレクサンダー、笑う。アンジェラとジョアンナ退場。アレクサンダーはワインとグラスとナッツを入れたボウルを取りに行く。

アレクサンダー　で。なぜこちらに？
ヘンリー　特に何も。妹のケイトがテトベリーの近くに住んでいて、少しはこのあたりのことを知っていたくらいかな。
アレクサンダー　何もかも、ロンドンよりはよほどいい。あそこはとにかく臭いから。気になりません？
ヘンリー　もう慣れっこになっているから。
アレクサンダー　パリは焼き栗とタバコのゴロワーズの臭いがする。ロンドンは小便臭いでしょう。乾杯。
ヘンリー　乾杯。

アレクサンダー　お子さんは？
ヘンリー　息子が一人。名前はベン。アメリカで医学の研究をしているんです。あなたは？
アレクサンダー　二人。もう結婚してます。娘なんです。ナッツ、どうぞ。
ヘンリー　どうも。
アレクサンダー　ジョーが言ってましたけど、定年を待たずに退職ですってね。
ヘンリー　馘ですよ。余剰人員、だそうな。
アレクサンダー　それはそれは。
ヘンリー　他人が思うほど悪いものでもない。経済的には問題ないし——ただ、毎日のリズムが狂っちゃって。奇妙なもんですよ、朝起きて何もすることがない。行くところもないというのは。
アレクサンダー　羨ましいですけどね、私には。
ヘンリー　お仕事は何を？
アレクサンダー　当ててごらんなさい。

ヘンリーはしばらく相手を見る。

ヘンリー　学校の先生。
アレクサンダー　ジョーが教えたんですね。
ヘンリー　いや。

アレクサンダー　いいでしょう――何を教えていると思います？

ヘンリー、再びしばらく見る。

ヘンリー　語学。
アレクサンダー　何語？
ヘンリー　ドイツ語。
アレクサンダー　フランス語。顔に書いてあるんですか。どうして、分かっちゃうんだろう。
ヘンリー　書いてあるもんですか、偶然だよ。
アレクサンダー　いいえ、違うんです、いつも当てられちゃう。先週も父兄会があったんです。名札をつけてるわけでもない、ふらっと入って行ったんです。途端に、活きのいい仕切りたがりのおばさんが近づいて来て、「あなた、アレクサンダー・バーリー先生でしょ、見ただけで分かる」って言うんですよ。どういうことだと思います？　首から名前ぶら下げてるような気になりました、熊のパディントンみたいに。
ヘンリー　あなたの名前、好きだけどな。
アレクサンダー　アレクサンダーが？
ヘンリー　バーリーのほう。
アレクサンダー　起源は古期英語、ランカシャーとチェシャー地方によくある名前です。あなたのプリースは、もちろん、ウェールズでしょう。ap《アプ》とrhys《リース》とが結びついたアプ・リースの短縮形。アプはウェールズ語で誰それの息子を意味する。つまり、リースの息子。アの音が落ちてプリース。（にやりとする）こんな役に立たない知識ばっかり。教師の悪い癖の一つですね。

アンジェラとジョアンナが戻って来る。

ジョアンナ　何が悪い癖？
アレクサンダー　鼻をほじること。川、どうでした？
アンジェラ　素敵。是非見なくちゃ、ヘンリー。
アレクサンダー　ワインはいかが？
アンジェラ　頂くわ。ジョーは仕事を探してるんですって。
ヘンリー　あ、そう。
アンジェラ　何か、パート・タイムがいいんですって。秘書の仕事で。あなたにぴったりじゃない。
アレクサンダー　秘書をお探しなら、ジョーはうってつけ。見事なもんですよ。一分間に八十ワード。
ジョアンナ　もう駄目。昔のことよ。
ヘンリー　その話は、いずれまた。今のところ、自分でもどうしたいか、はっきりしてないんだ。
アンジェラ　手伝ってくれる人、今こそ必要でしょ。
ヘンリー　そうかな？

アンジェラ　そうでしょう。この人、物を整理することに関しては、もう絶望的。
アレクサンダー　ナッツ、どうです。

アレクサンダー、ジョアンナ、アンジェラに当たっている照明が落ちる。

ヘンリー　ワインのボトルを一本空にして、七時半頃家に戻りました。アンジェラは夕食の用意をしにキッチンへ。食器や鍋類をガチャガチャいわせる音が聞こえてくる。アンジェラはきちんとしたことが好きな女なのに、呆れるほど不器用。私は二階の部屋に、勿体ぶって書斎と名づけた部屋に行き、ソファに腰を下ろしました。とても美しい夕暮れだった。不意に幸せな気持ちになって。もしも通り掛かりの人が、灯りの点された私の家の窓を覗きこんだら、きっと、こう呟いたでしょう、「運のいい男なんだな」。

アンジェラがヘンリーのところに行く。

アンジェラ　夕飯、三十分くらいだから。
ヘンリー　分かった。
アンジェラ　あの人たち、感じよかったわね。
ヘンリー　そうだね。

アンジェラ　あの人と仕事のこと話し合わなくちゃ。
ヘンリー　そう思う？
アンジェラ　気に入らなかった？
ヘンリー　いや、文句なし。ちょっと普通じゃなかったけど。
アンジェラ　普通じゃないって？
ヘンリー　馬鹿げた川の話。
アンジェラ　変だったかしら？　手伝ってくれる人、必要でしょ。あの人じゃ駄目なの？
ヘンリー　考えてみるよ。
アンジェラ　前にパートやってたサイレンセスターの建築家が去年破産したんですって。それで新しい仕事の口探してるのよ。
ヘンリー　大して払えないしな。
アンジェラ　向こうだって期待してないわよ。

アンジェラとヘンリー退場。

*

朝。ジョアンナ登場。

ジョアンナ　次の週にヘンリーから電話がありました。「コーヒーを飲みにいらっしゃい」って。そのときとても疲れていて。ちょうど生理だったの。行くの止めようと思ったくらい。

ヘンリーがコーヒーを載せた盆を持って登場。

ヘンリー　きっと退屈すると思いますよ。主にタイプするだけから。
ジョアンナ　タイプって、何を？
ヘンリー　実は——ミルクは？
ジョアンナ　入れてくださる。
ヘンリー　実は、その……（ミルクを入れ）昔のレコード。砂糖は？
ジョアンナ　いらないわ。

ヘンリーはカップをジョアンナに渡す。

ジョアンナ　ありがとうございます。レコード？
ヘンリー　そもそもの始まりはずーっと昔のことです。私がまだ子供の頃。（坐ってコーヒーを啜りながら）私の会社勤めのほとんどは、スピーカーを作る会社だったんですが、最高の品質を誇る、業界屈指の会社でした。創業者は私の友人で、グレアム。グレアム・ウォーカー。もっとも私が最初に勤めたのはBBCで、技術部門でした、それで少しはオーディオ・エレクトロニクス方面には詳しかった。やがてBBCを辞め、一九六八年にグレアムのパートナーになったんです――初めはとてもうまくいっていた、申し上げたように、われわれは常に業界屈指であることを自らに課した。トップでなければ意味がない、これがグレアムのモットーでした。で、言うまでもありませんが、物事は常に変化する。

ジョアンナ　どういうこと？

ヘンリー　うん、つまり――変化しないものってないでしょう。不況も響きました。グレアムが病気になり、息子が事業を引き継ぐ、で、会社の再編。そして私は去った。

ジョアンナ　大変だったのね。

ヘンリー　よくある話ですよ。ビスケットは？

ジョアンナ　ありがとう。

ヘンリー　それはともかく、昔からレコードを集めているんです、子供の頃からずっと――父が集めていたんですが。それこそ無数にといってもいい――七十八回転のやつね――茶色のレコードジャケットにきちんと入れて山のように積み上げられていた。親父は音楽に関してはそれほど高尚な趣味を持っていたわけじゃあない――ま、中くらいかな――軽い管弦楽曲、オペレッタ、ポピュラー・クラシック。HMVレコードのものがかなりありました、例の独特の濃いプラム色のレーベルで。収集家はプラム・レーベル・レコードと呼んでいた。私はこれに夢中になったんです。純粋に音楽だけにというより、レコードがある生活に魅せられたといってもいい。三十年代、四十年代の下層中産階級の世界といったらいいのかな――イボタノキの生垣に黒く燻したオーク材の家具、ラジオから流れる「子供の時間」。それで、以前、このプラム・レーベル・レコードの注釈付きカタログを作ろうかと考えたんです。そのうち、これで何か社会史的な資料を作れるかもしれないと思い始めた、プラム・レーベルを私が育った社会のシンボルと見なしてね。というわけなんです、話はこれで全部。

ジョアンナ　とても素敵ね。

ヘンリー　いいんですよ。そんな。

ジョアンナ　本当です。私、夢中になりそう。

ヘンリー　うん、私は夢中になってしまった。

ジョアンナ　で、私に何をしろと?

ヘンリー　申し上げたように――タイプです。主に。これまでに集めた資料を分類して、タイプして頂きたいのです。

ジョアンナ　いいわ。

ヘンリー　お願いできますか?

ジョアンナ　もちろん。週に幾日?

ヘンリー　そうですね。午後だけ、二日では?

ジョアンナ　けっこうよ。

ヘンリー　おいくら払えばいいでしょう?

ジョアンナはヘンリーに背を向ける。

ジョアンナ　あたし、急に悲しくなって。想像できるわ、一緒に仕事を始めた頃のこと。ヘンリーとお友達のグレアム。二人の若者が成功を夢見て。「トップでなければ意味がない」。やがて、何もかも状況が変わってしまう。お金の話は例によってイギリス人には苦手。それでも一時間八ポンドということに決まりました。火曜と木曜。

ヘンリー　ジョアンナは一時半に来て、五時半に帰る。いつも時間通り。

ジョアンナ　あの人、よく私を笑わせるんです。これは予想してなかった。

ジョアンナ退場。

ヘンリーが電話のところに行き、ダイヤルする。ベン登場。二十代の後半で、背が高くがっしりしていて、髭を生やしている。

ベン　こちらベン・プリースです。ただいま電話に出られません。お急ぎの方は、診療所にお電話ください——番号は三一〇、八三二一の四六四六です——その他の方は発信音の後にメッセージをお残しください。

ヘンリーは受話器を置く。ベン退場。
アンジェラ登場。

ヘンリー　ベン、留守だった。
アンジェラ　え？
ヘンリー　今電話したんだ、ベンに。いなかった。
アンジェラ　仕事でしょう。
ヘンリー　朝だろう、ロス・アンゼルスでは？　八時間遅いんだから。
アンジェラ　後でもう一度かけたら。
ヘンリー　どんな暮らししてるのかな。親が何にも知らないんだぜ、何一つ。
アンジェラ　ロンドンに住んでいても、きっと同じよ。
ヘンリー　そうかな。うん、そうかもしれない。
アンジェラ　ケイトはまだあのおかしなダイエットしてるのかしら？
ヘンリー　どうして。
アンジェラ　夕食はラムにしようと思ってるんだけど、どうかしら？
ヘンリー　あ、いいね、ケイト、ラムは好きだから。
アンジェラ　スープはガスパッチョ、それにラムとサマー・プディング。
ヘンリー　完璧じゃないか。

アンジェラ　アレクサンダーとジョーも呼びましょうか？
ヘンリー　好きにしたらいい。
アンジェラ　あなた、電話なさって。今度の火曜日、七時半ね、お食事は八時頃。

アンジェラ退場。
ヘンリー電話をかける。ベン登場。

ベン　こちらベン・プリースです。ただいま電話に出られません。お急ぎの方は、診療所にお電話ください——番号は三一〇、八三二の四六四六です——その他の方は発信音の後にメッセージをお残しください。
ヘンリー　ベン、父さんだ。元気か？　メッセージ残すほどのことはないんだ。大した用じゃない。どうしてるかと思って。ずいぶん経っているだろ、この前話してから。毎日どうしてる？　忙しいのか？　サンタ・モニカはどうだい？
会いたいな。お前がいなくて寂しいよ。父さん、自分の人生の幸せな時を、気付かずに過ごしちまった、手が届かなくなって、初めてそれに気がついたのさ。お前はそんなドジ踏まないように気をつけろよ。すまん、この頃感傷的になってきている。田舎に住むようになったのと関係あるかもしれん。考える暇が増えたもんだから。
馬鹿なメッセージだな、これ。どうして消すことできないんだ？　これだけハイ・テクの時代に？　暇な時に電話くれよ。元気でな。じゃ。

ヘンリーは受話器を置く。ベン退場。

＊

暖かな日、夕暮れ。ガーデン・テラス。アレクサンダーとジョアンナがヘンリーの妹ケイトとともに登場。ケイトは四十代後半。大柄で陽気、親しみやすい。ヘンリーはワインを注ぐ。

アレクサンダー　失礼、勘違いしました。ヘンリーからサイレンセスターにお住まいと伺ったような気がして。

ケイト　テトベリーよ。

ヘンリー　ケイトのところに昼食を食べに行く途中だったんだよ――早すぎたもんだから――それでサイレンセスターに立ち寄ったんだ。

アレクサンダー　サイレンセスタ！を通ってテトベリーに……？

ヘンリー　M４の高速は嫌いでね。

ケイト　兄さんはすごい遠回りするのよ、高速を走るのを嫌って。

アレクサンダー　そうなんですか？

ジョアンナ　じゃ、もしもM４を使っていたら、そして昼食に早すぎる時間じゃなかったら、不動産屋に立ち寄ることもなかったわけね。
ヘンリー　たぶん。
ジョアンナ　この家を買うこともなかったし、お会いすることもなかった、あたしたち、ここにこうしていることもなかったし、どこか他にいて、まったく別のことをしていたわけだ。
アレクサンダー　お前、なに言ってるの？
ジョアンナ　ううん、別に何も。
アレクサンダー　ジョーはどうでもいいことに意味を見つけるのが好きなんですよ。安心するんでしょうかね。
ジョアンナ　そうじゃないの。面白いと思うだけ、物事が偶然に支配されているのが。
アレクサンダー　あゝ、でも君の話を聞いてると、いかにも何か隠された必然の糸で繋がっているとでも言いたげだぜ。
ヘンリー　たぶん、繋がっているんだよ。
アレクサンダー　お！――援軍現る。
アンジェラ　（袖で）五分でお食事よ！

ヘンリー、ケイト、ジョアンナ退場。

アレクサンダー　ワインですっかり酔ってしまった。ジョーがずっと睨み付けていました。ラムの詰め物を食べたのですが、その詰め物の香りがきつくて他のものの味が分からないほど。食卓での会話は庭のこととか、クレジットカードはつい使い過ぎるとか、休暇中の海外旅行のこととか。十年、十五年前にはディナー・パーティではなくサパー・パーティをやったものだった。食事はもっと質素だったけれど、議論にはいつもずっと活気があって熱がこもっていた。今じゃ、誰もが他人の意見に賛成する。これが中年ということ？　他人の考え方に分別のある理解を示しているのでしょうか？　それとも、怠惰なだけ？

アレクサンダー退場。

＊

昼間。ジョアンナがアンジェラと一緒に登場。

ジョアンナ　おいしかったわ、この前の晩のお食事。

アンジェラ　ありがとう。

ジョアンナ　あたし、料理は駄目。アレクサンダー、食事にはあまりうるさくないのよ、だから何かご馳走を作ろうって気になれないのね。あの人は食欲だけ、あたし、ラグビー選手の胃袋って言ってるの。質より量。

アンジェラ　ラグビー部には見えないけれど。

ジョアンナ　昔やってたの。若い頃はとても熱心だった。
アンジェラ　どこで出会ったの？
ジョアンナ　学校。
アンジェラ　じゃ、ずいぶん昔から？
ジョアンナ　勤めていた学校よ。アレクサンダーは教師。私は校長の秘書。すごいスキャンダル。
アンジェラ　どうして？
ジョアンナ　あゝ、あの人結婚してたの。知らなかった？　奥さん学校でいろんな活動してたの。みんなにとても好かれてた。あたしたち、もちろん辞めなきゃならなかった。うん、どうしてもというわけじゃなかったけど。辞めるのも悪くないと思ったのよ。（間）あなたはどうやってヘンリーと？
アンジェラ　一種のブラインド・デートね。私の友達がウィンブルドンのチケット持ってて。誰かが土壇場で都合悪くなって。代わりにヘンリーが来たわけ。
ジョアンナ　それから？
アンジェラ　何もなかったわ、何年も。ある時お昼休みにばったり出会って、私の勤め先の近くでね。あの人がディナーに誘って、それが始まり。
ジョアンナ　奇妙だと思わない？　人生の変化していくのって。お宅のディナー・パーティで話してたじゃない。
アンジェラ　どんな話？

ジョアンナ　あ、あなたいなかった、キッチンにいらしてた。何事も偶然の結果だっていう話。あることが偶然また別のことを引き起こす。
アンジェラ　ヘンリーは何であれ、偶然に任せておかないほうね。あの人、私の勤め先調べてね。オフィスの近くで待っていたんですって、毎日お昼休みに。何事も計画ずく。

ジョアンナはこれを妙に落ち着かなげに聞く。話し始めるまでに一瞬の沈黙。

ジョアンナ　結婚なさってから何年？
アンジェラ　二十八年よ？
ジョアンナ　ちゃんとしてらっしゃるんでしょうね。
アンジェラ　何が？
ジョアンナ　奥さん役。お料理したり。旦那様を喜ばせたり。あたし、大人になったら、こういうときちんとしようって、未だに考えてるのよ。おかしいでしょう？　脛毛を自分で剃らずに、美容院に行ってちゃんとワックス使って剥がしてもらおうとかね。

ジョアンナは笑って、机のところへ行き坐る。

アンジェラ　サイモン・グレイの新作が舞台に掛かり、チケットを手に入れました。バースの劇場によく行くんですが、古い素敵な劇場です、遠すぎないし、たいていケイトが一緒。今回は都合が悪くて、私ジョアンナに声を掛けた。ヘンリーたら、すごく怒って。いえ、怒ったんじゃない。不機嫌になった。一晩中、苦虫を嚙み潰したような顔。なぜだか分からないけど、たぶんジョアンナに苛々したみたい。

アンジェラ退場。ヘンリーが登場し、ジョアンナに口述。

ヘンリー　レコード番号、Cの三三〇五。作曲家、ヘンデル。タイトル、「そなたの赴くところ、何処にも」、出典、オペラ、『セメレ』――綴りはS―E―M―E―L―E。歌手、ウェブスター・ブース。

ジョアンナ　ウェブスター？

ヘンリー　そう、ウェブスター。ウェブスター・ブース。アン・ツィーグラーという奥さんがいた。デュエットで歌っている。オペレッタとかセンチメンタルなバラードをね。「リラの花を摘みに」とか。あいつはいかにも一九三〇年代のいい男って顔してて、上流階級でございってね。よく空想したもんだ、あいつがサヴォイ・グリルで食事している姿を。もっともサヴォイ・グリルがどんなところかこれっぽっちも知らなかったんだけどね。

ジョアンナが笑う。

ヘンリー　次がBの九七一九。作曲家は同じくヘンデル。タイトル、「沈黙のうちに敬いて」、出典、オペラ、『トロメーオ』——T—O—L—O—M—E—O。歌手、ヘドル・ナッシュ。

ジョアンナ　あの人、手がとっても綺麗。机に凭れて、次々に読み上げていくのを、私がタイプする。とっても綺麗な手なんです。

ヘンリー　アンジェラの従兄弟が亡くなりました。一年半の間に一族で三度目の葬式。ぞっとしない集まりでしたが、もう勤めがあるわけでもなし、逃げるわけにはいかなかった。サフロン・ウォルデンで死ぬほど退屈な四日間。「遠いところをせっかくいらしたんだから、週末を過ごしていらっしゃい」、義理の兄のレズリーが言う。適当な言い訳も見つからないし。レズリーは典型的な中年男、赤みを帯びてずんぐりした首でひっきりなしにごほごほと咳をしている。私より二つ歳下。信じられない。

ジョアンナがテーブルのところへ行き腰を下ろす。

ヘンリー　帰宅してみると、ジョアンナが私のノートの半分近くのタイプをすませていた。とても嬉しくて、ちょっとお礼のつもりで、昼食に誘いました。半ばはジョアンナが断るだろうと思っていたんですが——断りはしなかった。

ヘンリーはテーブルに行き、ジョアンナと一緒に坐る。ウェイターが給仕する。

ジョアンナ　庭の手入れはいかが？

ヘンリー　いかがなんてもんじゃあ。庭師としちゃ、たいしたことないな。

ジョアンナ　手入れなさるって仰ってたでしょう。

ヘンリー　アンジェラが言ったんでしょう。（ワインを一口飲み）変な話ですよ。庭いじりと僕。アンジェラは誰にでも、僕は庭いじりに夢中だって言ってしまう。あいつ、本当にそう思ってるんだろうな。少なくとも本当だといいと思っていることは確か。誕生日やクリスマスのたびに、庭いじりの道具をプレゼントしてくれるんだ。どうやら、亭主たる者、庭いじりに夢中でなくてはいかんと決めているらしい。

ジョアンナ　ところが、あなたはそうじゃない……

ヘンリー　好きですよ、庭は――花も木も、ことに木は。大好きですよ、でも庭いじりだけはご免だな。

ジョアンナ　なぜアンジェラにそう仰らないの。

ヘンリー　えゝ、そうすべきだったんです。でも、もう遅すぎる。

ジョアンナ　遅すぎる……？

ヘンリー　その話は止めましょう。ワインをもう少し？

ジョアンナ　お願い。

ヘンリーはワインを注ぐ。

ジョアンナ　来月留守にしますから。
ヘンリー　留守？
ジョアンナ　休暇を取るの。ご免なさい。言うのが遅れて。
ヘンリー　どちらへ？
ジョアンナ　コーンウォール。アレクサンダーの友達がペランポースにいるの。すみません、もっと早くにお断りしなくて。
ヘンリー　どのくらい行ってらっしゃるんです？
ジョアンナ　二週間。

間、二人は料理を食べる。

ジョアンナ　あなたのご本、面白いわね。
ヘンリー　ありがとう。
ジョアンナ　それに素敵だし。心ときめくような幸福な時代だったんだなって思わせてくれるの――三十年代、四十年代が。失われた楽園の一つだってね。

ヘンリー　おそらく僕がセンチメンタルに過ぎるのでしょう。そう思いません？

ジョアンナ　センチメンタルじゃない、違う。それはともかく、本当ね、あなたの言うとおり。何もかも、あの時代は今とは違っていた。とてもほっとするし、安全だったのね。

ヘンリー　安全じゃなかった。ほっとするというのもどうかな。戦争、貧困、圧制、悲惨。でも、生活にしっかりとした骨組みがあったんじゃないかな。神様が見守っていてくれて、羽目を外すわけにはいかなかった。分を弁えてもいた。選択の余地もあまりなかったし。

ジョアンナ　それでもよかったと？

ヘンリー　うん、そう思うな。選択の余地がなければ、手にはいる物だけで間に合わせるものでしょう。余地があればあるほど、満たされぬという思いも強くなる。そうでしょう？

ジョアンナ　たぶん。

ヘンリー　私の両親は同じ家に五十年近く住んでいました。父は一生同じ仕事、母は一日三度の食事の支度をして、朝飯までにはベッドの片付けもすませていた。国歌が演奏されれば立ちあがる、金曜日には魚を食べる、請求書がくれば二十四時間以内に支払いをすます。あの二人が別のやり方をするところなんて想像できないな。実際にはあったのかもしれないけれど。ともあれ、何ら選択の余地などないかのように振る舞っていた——しかも、恐らく遥かに幸せな人生だったのでしょう、結果としては。気苦労の種も遥かに少なかったでしょう。

間。二人、食べる。

ジョアンナ　この間お二人の夢見たわ。ご両親の。あたしたち、みんなキッチンにいるの。「今日は、ヘンリーのご両親ですね」ってあたしが言ったの。お二人とも、とても親切にしてくれて、何かと気を使ってくださった。あたしパスポートを探していた。ニューヨークに行こうとしていたみたい。
ヘンリー　どうして分かったの、僕の両親だって？
ジョアンナ　ただ、分かったのよ。
ヘンリー　僕は夢見ないな。ほとんど見ない。
ジョアンナ　見てらっしゃるのよ、誰でも見る、憶えてないだけでしょう。憶えてるように訓練しなくちゃ。
ヘンリー　どうやって？
ジョアンナ　寝る前に自分に言って聞かせるの、見た夢を憶えているようにって。試してご覧なさい。夢ってとても大事なのよ。（ワインを一口飲んで）おかしい。あたしがあなたのご両親の夢を見るなんて。父の夢はよく見るの。何か繋がりあるかもね。
ヘンリー　まさか、どうして？
ジョアンナ　夢ではそういうことよくあるのよ。隠された繋がり、隠された意味。だから大事なのよ。そこから何か分かるかも知れない。
ヘンリー　お父様、まだお元気なの？

ジョアンナ　いいえ、五年前に亡くなった。父が家に入ってくる夢、よく見る、あたしが父を抱きしめてね。「死んだと思ってたのに」て言うの。そうすると父があたしを抱いてくれる。目を醒ますとあたし涙を流してる。同じ夢を月に三回か四回見る。罪悪感からね。夢で赦しを請うている。父に赦してもらいたいの。

ヘンリー　どういうことで？

ジョアンナは躊躇う。

ヘンリー　話して。

ジョアンナ　父はイーストボーンが好きだった。あたしが子供の頃、家族でよく行ったわ。海岸に腰を下ろして海を見ていた。昔風の古くさいホテルでお昼を食べて、美しい白亜の断崖が眺められるビーチー・ヘッドまで散歩するの。父はそれが楽しみだった。病気になってもう治らないという時に、もう一度そこに行きたがった。さよならを言いに。で、母とあたしで連れて行ったの。父の病状は酷かった。よその人が父のことじろじろ見るの、父があまりにも気分が悪そうだったから。あたし、きまりが悪くて、恥ずかしくて。急いで父を車に連れ戻した。あんなこと、しちゃいけない。

涙がジョアンナの頬を伝う。

ジョアンナ　ご免なさい。

ジョアンナはテーブル・ナプキンで涙を拭う。

ヘンリー　お父さん、気付いてないよ、君の感じたこと。

ジョアンナ　ううん、気付いていたわ。気付いてた、あたしが父を恥じたこと。

ヘンリー　子供は誰でも両親のことを恥ずかしく思うものさ。それが当たり前。僕の息子は僕を恥じている。間違いない、君の娘さんたちは君のことをね。

ジョアンナ　あたしの子供じゃないの。アレクサンダーの最初の奥さんの。

ジョアンナ退場。

＊

夕刻。

ヘンリー　アンジェラはロンドンのロイヤル・アカデミーに夏の定期展覧会を見に行っていた。家に戻ったのが五時半頃。

アンジェラ登場。

アンジェラ　ニュース知ってる？

ヘンリー　何の？

アンジェラ　首相が撃たれたの。

ヘンリー　え、死んだの？

アンジェラ　脚を撃たれたんですって。新しい高速道路の建設に抗議しての犯行ですって。あなたじゃないかと思った。

アンジェラ退場。

＊

夜。ヘンリーが机に向かっている。

ヘンリー　木曜の夜だった。アンジェラは外出して留守。サイレンセスターの料理サークルに入っていて、一週間にレシピ一つ、メンバーが順繰りに披露するんです。今週の料理は《薄切り仔牛肉ツナソースがけ》、ナショナル・ウェストミンスター銀行の副支店長の番。私は自分の部屋で詩を書いた——前に作ったものの焼きなおしといったところ、いつのことか思い出せませんが。

限りあるいのちを出し抜きたくて
他人の生を生きたがる。
映画の中に、小説のうちに
あるいはロマンチックなドライヴを夢見て。

恋に落ちるとは　決して
手に入らぬ人生を覗き見ること。
それは、ながい間埋もれた過去と
そこに隠れ住む人々に出会うこと。

昼食を食べながら、今日、君は話してくれた
海辺にいるお父さんのことを。
君の声を聞いていると、見えるような気がした——
お父さんが、君の過去が、一瞬、手が届くところに。

その瞬間、騒がしい世界が舞い戻り

（ウェイターがサワー・クリームを持って来て）
後には切ない願いが取り残される
他人の生を生きてみたいと。

＊

昼間。アレクサンダー登場。ヘンリーが立ち上がって迎える。

アレクサンダー　お邪魔じゃありませんか。
ヘンリー　とんでもない。
アレクサンダー　久しぶりですね。万事順調？
ヘンリー　うん、お陰さまで。忙しくしてるよ。
アレクサンダー　そうだろうと思った。
ヘンリー　ジョアンナにたくさんタイプさせちゃって。
アレクサンダー　喜んでますよ。
ヘンリー　本当？
アレクサンダー　とっても。
ヘンリー　ジョアンナがいなかったら、お手上げ。
アレクサンダー　ほんとに？

ヘンリー　もちろん。
アレクサンダー　よかった。ほんとによかった。大事なんですよ、あいつには、仕事があるのが。自分の存在の意味を見つけたいんですよ。
ヘンリー　だったら、なにも、仕事じゃなくったって。
アレクサンダー　でも、ときどき苦労するんです、ジョー。
ヘンリー　苦労って？
アレクサンダー　私たちにもいろいろあって。
ヘンリー　君とジョアンナに？
アレクサンダー　どんなカップルにもあるでしょう。ラ・ヴィ・コンジュガル――夫婦生活の問題。それはともかく、本当に感謝しているんです。
ヘンリー　何を？
アレクサンダー　仕事ですよ。思いもかけぬ幸運です、ジョーにとっては。

間。

ヘンリー　学校のほうは、どう？
アレクサンダー　退屈もいいとこ。ジョーから聞きませんでした、レベッカの話。
ヘンリー　レベッカって？

アレクサンダー　わたしの上の娘。ジョーが話してるんじゃないかと思って。
ヘンリー　いいや。どうして？
アレクサンダー　ちょっとした摩擦がね、元の女房と駄目になった時に。以来、ジョーとレベッカはお互い目を合わそうともしない。ジョーが何か言ったんじゃないかと。
ヘンリー　いや、全然。
アレクサンダー　けっこう、気にしないでください。

アレクサンダーはヘンリーに紙切れを渡す。

アレクサンダー　これ。コーンウォールの滞在先の電話番号。万一家が火事にでもなったときに。
ヘンリー　分かった。

アレクサンダーはヘンリーの腕を摑む。

アレクサンダー　いい人だ。

アレクサンダー退場。

ヘンリー　で、二人は休暇に出かけた。妙な感じだった、ジョアンナがいないのが。私たちは互いに理解し合っていたんでしょう。ジョアンナの着る服が好きだった。二人してよく笑った。私はコーンウォールの番号を書斎のボードにピンで留めておきました。毎日それを眺めた。ある時、不可思議な力に衝き動かされたかのように、突然その番号をダイヤルしていた。男が出た。ありがたいことにアレクサンダーじゃなかった。「八五六五三二ですか？」、わざと番号を違えて言いました。「八五六五三三です」、男が答える。電話の向こうに人声が聞こえる。とても明るい声。私は何とか電話を長引かせようとした。その時、ジョアンナが笑う声が。間違えようがない、ジョアンナ。即座に私は電話を切った。

アンジェラ登場。

アンジェラ　土曜の朝、二人でサイレンセスターのレンタル・ショップに行きました、火炎除草機と回転耕運機のことを聞きに。ヘンリーは不機嫌で行きたがらなかった。

ヘンリー　今日じゃなきゃ駄目か？

アンジェラ　いつも先延ばしじゃないの。

ヘンリー　土曜だぞ、混んでて堪ったもんじゃない。

アンジェラ　もし月曜に行こうって言ったら、仕事があるって言うでしょ。

ヘンリー　車、診てもらわなきゃ。

アンジェラ　どこがおかしいの？
ヘンリー　スターター。言っただろ。
アンジェラ　もう直させたんじゃなかったの。
ヘンリー　忘れた。
アンジェラ　ねえ、ヘンリー。庭、滅茶苦茶よ。
ヘンリー　今はたいしたことできない。時期がよくないんだ。
アンジェラ　下草や雑草よ。時期なんて関係ないでしょう。
ヘンリー　土曜に車停める場所なんてないだろう。

ヘンリーは机に向かう。

アンジェラ　ヘンリーは決して違法駐車をする人じゃなかった――たとえ、ほんの二、三分でも。絶対に安全で誰も気に留めちゃいない時ですら。その日は、たまたまお店のすぐ裏に停められました。スティーヴという感じのいい若者が機械の使い方を教えてくれました。レンタルの期間は、一日、一週、一月単位になっていた。月単位のほうが、よっぽど安いので、それに決めたんです。

アンジェラ退場。

ヘンリー　アンジェラとはもう何年もセックスをしていなかった。五年か六年。大きな行き違いとか亀裂があったわけじゃあない。ただ、しなくなっただけ。五十代の男でこっそりマスターベーションする奴って、どのくらいいるんだろう？　何千、たぶんね。何百万。

ジョアンナ登場。ヘンリーは立って迎える。

ヘンリー　お帰り。
ジョアンナ　どうも。
ヘンリー　寂しかった。
ジョアンナ　私も。
ヘンリー　まさか、こんなだとは。
ジョアンナ　長い二週間だった。
ヘンリー　いい休暇だった？
ジョアンナ　まあまあ。ずいぶん雨に降られたわ。アレクサンダーたら、車海老にあたって。(間) プレゼント、持ってきたの。馬鹿げてるけど。(ハンドバッグに手を入れ、大きな石を取り出す) 海岸で見つけたの。使えるでしょ、ペーパー・ウェイトに。
ヘンリー　とても綺麗だ。ありがとう。

素早く相手の頬にキスする。

ヘンリー　今度二人で昼食でもいかが？
ジョアンナ　いつ？
ヘンリー　あした？
ジョアンナ　あしたは無理。
ヘンリー　木曜は？
ジョアンナ　いいわ、大丈夫。
ヘンリー　アンジェラは留守だし。料理のサークルでデモンストレーションだとか。ドライヴもいいね。
ジョアンナ　どこに？
ヘンリー　どこがいい？
ジョアンナ　どこでも。
ヘンリー　君が決めて。
ジョアンナ　バーフォードの近くにいいところがあるらしいの。
ヘンリー　どんなところ？
ジョアンナ　聞いた話だけど。ホテルで、とてもいいレストランがあるんですって。調べておきましょうか。

ヘンリー　是非お願い。

＊

暖かな陽射し。

ヘンリー　幹線道路を外れて田舎道ばかり選んで走った。まさにイングランドの素晴らしいカントリーサイドを満喫。だって、何マイル走っても何一つない、車一台、農場の家屋一つ見えないと言ってもいい。

ジョアンナ　私たち、ジャズを聴きました。

ヘンリー　ベン・ウェブスター。

ジョアンナ　一面の菜の花。広々としてなだらかな菜の花畑。ヘンリーが車を停めた。

ヘンリー　あたり一帯に夏の気配がざわついていて、私は子供の頃を思い出した。ケント州の祖母の家に滞在した時のこと。茂みや丈の高い草の間を駆け抜けたことを。私たちは車から降りて並んで立っていた。ジョアンナと一緒だと、本当にくつろげた。

ジョアンナ　あそこ、見て。

ヘンリー　なに？

ジョアンナ　あの家。見える？　ほとんど木の陰になってるけど。どんな人が住んでいるのかしら。

ヘンリー　分かりゃしないよ。

ジョアンナ　誰か窓のところで動いてる。女の人、何してるのかしら。
ヘンリー　昼食の用意さ、きっと。十二時半だもの。
ジョアンナ　あの人、あたしみたいに仕合わせなのかな。
ヘンリー　君は仕合わせ？
ジョアンナ　とっても。
ヘンリー　ジョアンナをこの腕に抱きしめたかった。
ジョアンナ　抱きしめて欲しかった。
ヘンリー　車に戻った。「行かなきゃ」、そう言った。
ジョアンナ　ヘンリーがエンジンをかけた。奇妙な空回りする音。
ヘンリー　悪夢。結末が想像ついたほど。「あそこで何してらしたの？　どうして食事に連れ出したの？　どういうこと？」
ジョアンナ　ヘンリーは車から降りてボンネットを開けた。私はヘンリーの傍に立っていた。二人してエンジンを覗きこんで。
ヘンリー　必死でバッテリー近辺の配線や接触をいじり回した。
ジョアンナ　どこが悪いの？
ヘンリー　スターターだろ。先週直させておけばよかった。
ジョアンナ　シャツにオイルが。
ヘンリー　それは指にオイルが付いてるからさ。

ジョアンナ　向かっ腹立てないで。
ヘンリー　仕方ないだろう。
ジョアンナ　私たちは車に戻った。ヘンリーがもう一度試す。エンジンがかかった。ほっとしたのはどっちなんだろう、あの人か私か。
ヘンリー　ありがたい。
ジョアンナ　お見事。
ヘンリー　まったくのまぐれ。すまない。
ジョアンナ　何が？
ヘンリー　不機嫌になって。
ジョアンナ　そんなことなかったわよ。
ヘンリー　いや、なってた。すまない。
再び走り始めた。ジョアンナがまたベン・ウェブスターのテープを聴きたがって。麻のスカートを穿いていた。陽射しが暖かで。あの人は脚を開いて坐っていた。触れたかった。
ジョアンナ　ホテルは、ジョージ王朝時代のカントリー・ハウスを改築したものだった。外にサーブとＢＭＷが数台停まっていた。ホテルの玄関に向かう時、ヘンリーが私の手を取った。
ヘンリー　気にしないでね。嘘の名前言っておいたけど。
ジョアンナ　どういうこと？
ヘンリー　レストランの予約した時、名前と電話番号を聞かれたんだ。家に電話されたくなかったから。

ジョアンナが笑う。

ヘンリー　よかったかな？
ジョアンナ　もちろんよ。

ホテルの支配人、バセット登場。

バセット　いらっしゃいませ。何なりと、ご用を。
ヘンリー　あゝ、スティーヴンソンだけど。一時にレストランの予約をしてある。
バセット　あ、お待ちしておりました。
ヘンリー　手を洗いたいんだ。車が故障してね。油まみれ。
バセット　洗面所は下でございます。それとも、シャワーをお使いになりますか？
ヘンリー　できるの、それ？
バセット　もちろんですとも。直ぐお部屋をご用意できます。

バセット退場。

ジョアンナ　フロントの女の子が私たちを上に案内してくれた。その子は私に、奥さんて呼びかけて天気のことを話した。「ほんとに素晴らしいお天気ですね、こういう暖かな陽射しの日には、イングランドから一歩も出たくないと思うんです」。

ヘンリー　十四号室だった。憶えてません、最初がどうだったのか、どちらからどうしたのか。

ジョアンナ　躊躇いなんてなかった。直ぐに愛し合った。

ヘンリー　あっという間に終わった。それからシャワーを浴びて、服を着て、昼食をすませた。

ジョアンナ退場。

＊

夕刻。アンジェラ登場。

アンジェラ　今日はどうだった？

ヘンリー　悪くない。うん、素晴らしくもないか。車がエンコ、案の定。

アンジェラ　どうしたの？

ヘンリー　サイレンセスターに行ったんだ、コピーを取りに。ところがうんともすんとも言わなくなっちまった。

アンジェラ　どこにいたの？
ヘンリー　バスの発着所の外。往来のど真ん中さ。
アンジェラ　それで？
ヘンリー　バッテリーのあたりをいじったら、動いてくれた。
アンジェラ　修理に出さなくちゃ。
ヘンリー　あゝ、電話する。

アンジェラ退場。

*

昼間。ジョアンナ登場。

ジョアンナ　翌日の午後、みんなでコーヒーを頂きました。私が仕事をしに行くと、ヘンリーとアンジェラはキッチンにいた。お昼がすんだところ。「コーヒー入れるわ」、アンジェラが言った。私は冷蔵庫からミルクを持ってきました。
ヘンリー　アンジェラが車を修理工場に持って行くことになっていた。ジョアンナと私は書斎に行った。車の遠ざかる音。
ジョアンナ　どのくらいかかるの？

ヘンリー　少なくとも一時間。
ジョアンナ　素敵。
ヘンリー　ジョアンナはパンティを脱いでソファに横になった。恥なんて感じなかった。ジョアンナが恥を忘れさせてくれた。
ジョアンナ　アンジェラが戻ったのは四時半、五時半に私はコンピュータの電源を切って家に戻った。
ヘンリー　火曜まで会えない。
ジョアンナ　分かってる。
ヘンリー　我慢できない。
ジョアンナ　どうにもならないでしょ？
ヘンリー　アレクサンダーに電話する。

アレクサンダー登場。

ヘンリー　ジョアンナにもう少し来て欲しいんだ。どうだろう？
アレクサンダー　僕はかまわないけど。ジョーは何て言ってるんです？
ヘンリー　まだ聞いてない。今いる？
アレクサンダー　買い物に。ジョーは問題ないでしょう。
ヘンリー　迷惑は掛けたくないんだ、家事もあるだろうし。

アレクサンダー　あいつ、家のことは朝のうちにすませているから。午後なら問題なくそちらに伺えるでしょう。

ヘンリー　毎日でも？

アレクサンダー　もちろん。

アレクサンダー退場。

ヘンリー　私たちは愛し合った、可能でさえあれば、いつであろうと、どこであろうと。ソファ、床、どこでも。もちろん、ベッドでは一度も——それは余りにも危険だ。

ジョアンナ　ある時、買い物に出かけたアンジェラが思ったより早く帰って来た。まるでどたばたのお笑い。ヘンリーはズボンに足を突っ込んで転ぶし、私は大慌てでパンティを探す、服を半分着た姿でお互いもろにぶつかったり。アンジェラが玄関を開けた時、私はパンティ・ストッキングを引っ張り上げているところだった。おかしいったらなかった、セクシーだったし。アンジェラが部屋に入ってきた時には、二人とも笑い転げていた。

アンジェラ登場。

アンジェラ　どうしたの？

ジョアンナ　あたしのタイプミス、おかしいったらないの。バス・バリトンをブス・バリトンだって。

三人とも笑う。

ヘンリー　苦もなく嘘をつく。しかも、いかにももっともらしく。
アンジェラ　お茶にする?
ジョアンナ　いいわね。
ヘンリー　お茶とお手製のマフィン。アンジェラがジョアンナに誰かカーテンを作ってくれる人を知らないか尋ねた。知ってるわ、とジョアンナ、隣村に一人いる。二人はカーテンの取り付け方の善し悪しをあれこれ話していた。私の指にジョアンナのあそこの匂いがしていた。
ジョアンナ　マフィン、おいしい。
アンジェラ　アレクサンダーに持って行ってあげて。

ジョアンナ退場。

*

夕刻。ケイト登場。

ケイト　この数年クリスマスは一緒に過ごしています、兄とアンジェラと私で――それで、まだ十月の第一週だったけれど、今年はどうするか話し合いました、アンジェラの作った《牛肉の赤ワイン蒸しニース風》を食べながら。
アンジェラ　ベン次第よ、もちろん、あの子が帰りたいかどうかでしょ。
ヘンリー　あいつは帰らないだろう。
アンジェラ　帰るかもしれない。
ヘンリー　どうだか。
ケイト　じゃ、一応三人だけと考えましょう。
アンジェラ　分かった。
ヘンリー　どこか行きたいとこある？
ケイト　海外ね。
ヘンリー　太陽、それとも雪？
ケイト　どっちでも。両方がいい。あなたはどう？
アンジェラ　特にないわ。
ケイト　ヘンリーは？
ヘンリー　ケイト次第だよ。ほんと、好きにしていい。

電話が鳴る。ジョアンナ登場。アンジェラが電話に出る。

アンジェラ　もしもし？

ジョアンナ　あたし、ジョーよ。ご免なさい、お騒がせして。ヘンリーいる？

アンジェラ　いるわよ、ちょっと待って。ジョーよ。

ヘンリー　ジョー？

胃が引っくり返りそうだった。アレクサンダーにばれたのか？　あの男が、今この瞬間ここに向かっている、私と対決し姦通の罪を暴きたてようとしている？

ヘンリーはアンジェラから受話器を受け取る。

ヘンリー　ジョアンナ。どうした？

ジョアンナ　アレクサンダーは今お風呂。あなたの声が聞きたくて。

ケイト　スイスは？

アンジェラ　みんな、スキーできないのよ。

ケイト　いけない？

ヘンリー　何かまずいことでも？

ジョアンナ　いやなの、あなたがそこでアンジェラと坐ってると思うと。いかにも夫婦って感じ。

ヘンリー　そんなんじゃないよ。

ケイト　ポルトガル。アルガーヴがいい。
アンジェラ　ポルトガルはどうもね。
ケイト　オーストリアは？
ジョアンナ　話し声が聞こえる。誰？
ヘンリー　ケイトが来ている。
アンジェラ　ウィーンがいいかもしれない。ウィーンのクリスマス。
ジョアンナ　何の話？
ヘンリー　クリスマス。
ジョアンナ　海外に出かけるの？
ヘンリー　たぶん。
ケイト　イタリアはどう？　フィレンツェは？
アンジェラ　大好きよ、フィレンツェは。
ジョアンナ　行かないで。ここにいて。
ヘンリー　僕もそうしたい。
アンジェラ　フィレンツェの冬ってどんなかしら？
ケイト　イングランドより暖かよ。
ジョアンナ　外国に行って、あの人と寝るのね。
ヘンリー　そんなことしないよ。

ジョアンナ　するわよ。きっとそうなる。
ヘンリー　しないったら。約束する、しないから。
アンジェラ　パリはどう？
ケイト　お金かかるわよぉ。
ジョアンナ　あなたが欲しいの、ヘンリー。
ケイト　イタリアの方がいいわ。
アンジェラ　そうね。私も。
ジョアンナ　とっても欲しいの。
ケイト　じゃ、ヘンリーに聞きましょ。
ジョアンナ　今、欲しい。
ヘンリー　無理じゃないか、あしたまで。
ジョアンナ　好きよ。
ヘンリー　あゝ、僕も。電話ありがとう。

ジョアンナ退場。ヘンリーは受話器を置く。

ケイト　フイレンツェはどうかしら？
ヘンリー　なに？

ケイト　フイレンツェのクリスマス。
ヘンリー　いいじゃないか。
アンジェラ　ジョー、どうかして。
ヘンリー　いいや、何でもない。
ケイト　イタリア語でメリー・クリスマスは何て言うの？
ヘンリー　ブオン・ナターレ。
ケイト　そう？
アンジェラ　あてずっぽうよ。

ケイト退場。

＊

夕刻。雨。アレクサンダーとジョアンナが登場して、テーブルに向かう。

ヘンリー　アレクサンダーが教頭に昇進。祝って当然の出来事です。私たちをチェルトナムのタジマハール・タンドリ・レストランに招待してくれました。天気は荒れ模様。

ヘンリーとアンジェラがテーブルに加わる。

アレクサンダー　ラム・テイッカはいかが。
ヘンリー　僕はけっこう。
アレクサンダー　どうしたんです。インド料理は好きだと思ってたけど？
ヘンリー　辛いのは駄目なんだ。
アンジェラ　この人、スパイスの利いたものは絶望的。
アレクサンダー　何てこった――
ヘンリー　かまわないよ。
アレクサンダー　――言ってくれればよかったのに。
ヘンリー　僕のことは気にしないで。
アレクサンダー　他の店にすればよかった。
ヘンリー　いいから、もう――
アレクサンダー　あなたは大丈夫？
アンジェラ　えゝ、満足。
アレクサンダー　ジョー――なに悲痛な顔してるの。どうかした？
ジョアンナ　別に。
アレクサンダー　ねえ、みなさん、楽しくやりましょう。私の、人生最良の日ですよ。
アンジェラ　そうね、大したものだわ、ほんとにおめでとう。

アレクサンダー　いや、冗談ですよ。だって、とんでもないと思いませんか、時間が若い頃の夢を嘲る冷酷さ？

ヘンリー　どういう意味？

アレクサンダー　いいですか、今こうして――われわれ四人――ここに寄り集って私のウェストフィールド校の教頭昇進を祝ってますよね。でも、もしも（私が若くて希望に燃えていた頃に）誰かが予言して、教頭が私の人生の絶頂だなんて言ったら、私はそいつを嘲笑ってやったでしょう――そして、いや、あるいは近くの崖から飛び降りていたでしょうね。

ジョアンナ　本気じゃないでしょう。

アレクサンダー　本気さ。まったく、教師なんかで人生終わるつもりじゃなかった。

アンジェラ　本当は何をなさりたかったの？

アレクサンダー　ちょっと言えないな。憂鬱な話だし、恥ずかしいし。あなたはどうです、ヘンリー？　死ぬほどうんざりしたりしない、古いグラモフォンのレコードに？

ヘンリー　そうだね、いや、必ずしもそうでは。

アレクサンダー　信じられないな。

アンジェラ　ヘンリーはいつも自分の仕事に愛着感じてるわね。

アレクサンダー　信じられないな、ウーファーだツイーターだってスピーカーいじくり回すのが、豊かで満ち足りた人生だなんて。

ヘンリー　うん、確かに考えようによっては――

アレクサンダー　ほんとのこと言って、ヘンリー。あなたの秘密の願望は何？　グレタ・スカッキかシガニー・ウィーヴァーと一夜を共にする？——あ、それともバスの発着所の隣にあるコピー屋の女の子……？
ジョアンナ　やめて、お願いだから。
アレクサンダー　やめてって、何を？
ジョアンナ　あなた、飲み過ぎ。
アレクサンダー　ビール三杯だぜ。
ジョアンナ　飲めないのに。
アレクサンダー　これは、どうも。
アンジェラ　このレストラン好きよ。インド料理屋にしては明るいじゃない。
ジョアンナ　壁紙のせいじゃない。
アレクサンダー　ないよ、壁紙なんて。
ジョアンナ　だからなのよ。
アレクサンダー　オーナー、ホモだな。見てご覧。髪を染めてる。
ヘンリー　あれは何か宗教と関係あるんだろう。
アレクサンダー　どういうこと？
ヘンリー　メッカに詣でたことがあるという意味だろう。
アレクサンダー　何ですって？

ジョアンナ　本当？
ヘンリー　そうだと思う。
アレクサンダー　聞いてみよう。
ジョアンナ　やめて。
アンジェラ　クリスマスはどうなさるの？

アンジェラ、ジョアンナ、アレクサンダーおよびヘンリー退場。

＊

カリフォルニアの太陽。ベン登場。

ベン　アリスの友達がジェラルド・エデルマンを知っていて——スクリップス海洋学研究所で同僚だとか。僕があの人に会いたがっているのを知っていて、アリスがディナー・パーティを開いてくれました。
エデルマン博士の業績は、科学的な重要性は言うまでもなく、倫理的な側面においても甚だ含蓄に富んだものです。その主張によると、人間の意識の本質に関する探求は、どんな場合でも心理学や哲学からではなく、生態学から始めるべきだという。人間のいかなる行動も進化の概念で説明しうるのだから、人間の心も、脳の生態学的体系が進化発展した結果だと考えても、少しも非理性的なことはないというわけです。すなわち博士の考えでは我々の肉体的存在といわゆる内的生命との間には連関がある——つまり神経学と魂との間に連関があるという。もし魂も肉体同様限りあるものであることを受け入れるなら、新たな、そしてより豊かな倫理観が生まれるはずです。その倫理観は、超自然的神話を切り捨て、一層啓かれ一層人間的な価値観に立脚しているに違いない。このことを僕はエデルマン博士と話したかったのだけど、がっくり、パーティは散々。サンディエゴ・フリーウェイでひどい事故があって、博士から電話、渋滞でとても行けそうにないって。とても素敵な優しい人で、申し訳なさそうに、いつかまた改めて会おうと言ってくれました。

家に戻ると、留守電に父から妙な伝言が入っていて、戸惑いました。

ベン退場。

*

秋の夜。ガーデン・テラス。ヘンリーとケイト登場。

ケイト 忙しいようね。

ヘンリー それほどでも。

ケイト あら、そう？　アンジェラから聞いたけど、仕事を手伝ってもらう時間、増やしたんでしょ、誰だっけ。ジョアンナ。
ヘンリー　あ、そうだよ。
ケイト　どうなってるの本のほうは？
ヘンリー　順調さ。もう半分以上。
ケイト　いつごろ終わりそう？
ヘンリー　それより――あの女《ひと》を愛してるんだ。（間）だから時間を増やした。

間。

ケイト　何ですって？
ヘンリー　ジョアンナ。愛してる、ジョアンナを。あゝ、ケイト、どうすればいい？
ケイト　ジョアンナは、兄さんの気持ち知ってるの？
ヘンリー　あゝ。
ケイト　愛人関係？
ヘンリー　あゝ。
ケイト　いつから。
ヘンリー　ひと月くらい。いや、ひと月以上だ。
ケイト　アンジェラは？

ヘンリー　気付いてない。
ケイト　あちらのご主人は？
ヘンリー　アレクサンダー。同じく気付いてない。驚いた？
ケイト　えゝ。
ヘンリー　ショック？
ケイト　驚いた。
ヘンリー　話すつもりじゃなかった。
ケイト　話してくれてよかったわ。
ヘンリー　そう？
ケイト　えゝ、それで兄さんが楽になるなら。どう？
ヘンリー　あゝ。
ケイト　どんな気持ち？
ヘンリー　居ても立ってもいられない。こんなこと、十七の時ならね。どうしてそうならなかったんだ？　見てくれ、七キロ近く体重が落ちた。
ケイト　食欲ないの？
ヘンリー　それどころか、馬並みさ。新陳代謝の具合が変わったんだよ。何もかも変わっちまった。今じゃ自分がまるで別人のよう。顔つきも変わった。
ケイト　そんなことないわ。

ヘンリー　あゝ、なんてこった。惚れるなんて、そんなつもりなかった。
ケイト　誰も頼んだわけじゃなくてよ。

ヘンリーはこの言葉を無視することにする。

ヘンリー　最初に会った時だって、好きでもなんでもなかったんだ。苛々させられたくらい。変な女で。可愛くも何ともない。アンジェラが知ったら、一体どうなる。
ケイト　きっと気付かないわ。
ヘンリー　当然気付くさ。
ケイト　そうとばかりは。
ヘンリー　僕は真面目な男だ。二重生活なんてできやしない。いずれにしても、アンジェラには分かる。
ケイト　そうでもないわよ。
ヘンリー　分かるに決まってる！　結婚して二十八年。僕のことなら何でも分かってるさ。アンジェラを愛してるんだ。心配なんだよ。傷つけたくないんだ、アンジェラを。離婚なんてことになったら、アンジェラは駄目になっちまう。
ケイト　そうかしら。
ヘンリー　分かりきったことじゃないか。

ケイト　傷つきはするでしょ。でも駄目になりはしない。人間はそんなことで駄目になったりしないものよ。

ヘンリー　人によるさ。

ケイト　いても、ごく稀。

ヘンリー　アンジェラが突然消えていなくなってくれれば。考えただけでも耐えられないんだ、アンジェラを苦しめるなんて。

ケイト　苦しみを避けられない時もある。

ヘンリー　あゝ、タバコが吸いたくなった。

ケイト　ジョアンナとはいつから？　二か月以上前ということはないでしょう。

ヘンリー　五月から。五月の初めから、もう始まってた。馬鹿げてる――お笑いだよ。（取り乱して歩き）ジョアンナの虜なんだ。いつもあの女《ひと》のことを考えてる。「考える」じゃない――考えるなんて、まともなものじゃないんだ――得意の絶頂、欲情、優しさ、やましさ、興奮、絶望――剝き出しの感情ばかりが駆け巡って、手が付けられない。この間の夜なんか――君の家から帰る時だった――あの家の前を通りかかったら――明かりが寝室の窓に点いてる――そうさ、当たり前だろ、そんなの？――十一時だった、寝る時間さ、寝室に明かりが点いてて、何がいけない？――二人が服を脱いでベッドに入るところが目に浮かんだ。気分が悪くなった。ほんとに気分が悪くなって。家に着くと、二階のバスルームに飛びこんだ、どうしようもなく気分が悪くて。汗びっしょり、震えが止まらなかった。嫉妬のあまり、気持ちが悪くなったんだ。純粋に肉体的にだよ、ケイト。アンジェラには、君の出してくれたシェリーのトライフルのせいじゃないかって。

ケイト　それはどうも。

ヘンリーは椅子に沈み込む。

ヘンリー　このまま気が狂うかもしれない。

ケイト　もう狂ってるのかも。

ヘンリーは再び妹のこの辛辣な言葉を無視することにする。

ヘンリー　たまらないんだ。どうすればいいのか、分からない。

ケイト　女に溺れてるって言ったら怒る？

ヘンリー　いや、そのとおりだもの、溺れている、分かってるさ。でも、ちょっと違うんだ。それどころじゃない。この五十何年、ずーっとあの女《ひと》を待ち続けていたような気がする。確かに溺れてる、だからって、現実のことじゃないとは言えない。

ケイト　それは現実という言葉の意味によるわ。

ヘンリー　つまり、アンジェラとの生活が現実であるのと同じように、あの女とのことが現実的かっていうのかい？　まったく別ものなんだよ。現実と言ってもいろいろあるだろうが。

いいか、この五十年、いつも失った昔の幸せを懐かしむか、やって来るかもしれない幸せを待ち続けるか。ジョアンナといると、今、幸せなんだよ。

ヘンリーとケイト退場。

＊

陽光輝く午後。電話が鳴る。ベン登場。アンジェラが登場して、電話に出る。

アンジェラ　もしもし？
ベン　母さん、ベンだよ。
アンジェラ　ベン！
ベン　元気？
アンジェラ　元気よ。まあ、嬉しい！
ベン　ご免、先週末、電話しなくて。
アンジェラ　元気にしてる？
ベン　あゝ、仕事が大変。
アンジェラ　カリフォルニアはどう？
ベン　暖かいし、いいところだよ。父さん、どうしてる。

アンジェラ　今、留守。ケイト叔母さんのところ。
ベン　父さん、だいじょぶ？
アンジェラ　とても元気よ。電話、悔しがるわ。
ベン　留守電に伝言残してあった。
アンジェラ　いつのこと。
ベン　二日ばかり前。ちょっと気になって。
アンジェラ　何が？
ベン　父さん、ほんとにだいじょぶ？
アンジェラ　留守電になんて？
ベン　よく聞きとれなかったけど。何だか混乱してるんだ。最後に「父さんのこと悪く思わんでくれ」って。
アンジェラ　父さんのことを何ですって？
ベン　悪く思わんでくれって。
アンジェラ　どういうことかしら。
ベン　分からないよ。
アンジェラ　そう言ったの確か？
ベン　そう聞こえたけど。
アンジェラ　どういうことか、母さんには見当つかない。

ベン　心配なんだ。
アンジェラ　大丈夫。心配するようなことないもの。
ベン　ほんとに？
アンジェラ　もちろん。ここの新しい暮らし、父さんに合ってるみたいよ。
ベン　母さんはどうなの？
アンジェラ　うん、私も大丈夫。
ベン　ちゃんと答えてよ。本当のこと言って。元気？
アンジェラ　もちろん。
ベン　ほんとに？
アンジェラ　ほんとよぉ。今度はいつ会えるの？
ベン　じきに――はっきりしてないけど。母さん、もう切らなきゃ。診療所の電話でかけてるんだ。来週また電話する。体気をつけて。じゃね。
アンジェラ　あなたも。じゃあ。

ベン退場。

アンジェラ　ヘンリーが帰宅した時、庭のことで言い争いになりました。そう、庭そのものではなくて――回転耕運機と火炎除草機のこと。何週間も前に借りて、納屋にしまったまま使ってない、触れてもいない。他のことはともかく、お金の無駄。「明日やるよ」、そう言うんです。「いつでも明日」、私、怒鳴ってやった、「明日、明日、明日！」ヘンリーは私を見返しただけ、一時間くらいむっつりしたまま、そのうち黙って庭に出て行き、下草を始末し始めました。お風呂に入るとき、ヘンリーはドアを閉めます。昔は開けっぱなしだったのに。ロンドンに住んでいた頃に始まった習慣。どうして私、そんなことにうろたえるのかしら？ ベンに相談しようと思いました。でも、あの子は聞きたがらなかった——考えてみれば当然よね。——いいアイディアとは言えない、自分の子供にこんなことを話すなんて。ヘンリーはお休みのキスさえしない。

アンジェラ退場。

＊

どんよりした朝。ヘンリー登場。

ヘンリー　アンジェラは、朝早くからベッドを抜け出しました。私は眠った振り。アンジェラがシャワーを浴びる音が聞こえました。私は起きて下に行き、コーヒーを淹れました。食器棚も引出しもみんな開けっぱなし。アンジェラの欠点の一つです。ドアも決して閉めない、箪笥を閉めるということがない。私は毎日アンジェラの後をついて閉めて歩く。

アンジェラ登場。

アンジェラ　ロンドンに行ってくるわ。

ヘンリー　いつ？

アンジェラ　今日。朝ご飯食べたら。ソファのカバー替えないと。ピーター・ジョーンズに行ってみる。

ヘンリー　今のじゃいけないの？

アンジェラ　大きすぎるのよ。

ヘンリー　大きすぎる……？

アンジェラ　柄が大きすぎる。ロンドンではおかしくなかったんだけど、ここだと場違い。もっと繊細な感じの方が合うみたいね。ピーター・ジョーンズにいいものがなかったら、ローラ・アシュレイ覗いてみる、あすこのものはちょっと飽きたけれど。高いものじゃないわ、心配しないで——ジョーの言ってたカーテン作ってくれる人に頼めるの、とても安いの。四時三十五分の電車があるから、六時頃には戻ると思う。

ヘンリーは机のほうへ行って坐る。

ヘンリー　丸一日ジョアンナと一緒にいられると思っただけで、即座に勃起。興奮を気取られぬよう、私は書斎に逃げこんだ。

アンジェラはコートを着て、ヘンリーの所へ行く。

アンジェラ　冷蔵庫にパテとサラダが入ってるから。夕飯はラムチョップにするつもり。いいかしら？

ヘンリー　いいとも。

アンジェラはヘンリーの頭にキスする。

アンジェラ　行ってくるわ。

ヘンリー　じゃ、六時頃。

アンジェラ　えゝ、六時頃。

アンジェラ退場。

ヘンリー立ち上がる。

ヘンリー　直ぐに電話しました。アレクサンダーはもう学校に出かけた後。ジョアンナは三十分で到着した。

ジョアンナ登場。

ヘンリー　ジョアンナは脇腹を下にして横たわった、裸で、窓のほうを見つめている。片手を口に押しつけて。背中が描く曲線、惚れ惚れと見とれていた、背骨を辿って行くとその先に微かな綿のような陰毛が。
何考えてるの？

ジョアンナ　よその国のことよ。あなたと外国に駆け落ち。（ヘンリーに近寄り）飛行機を見てたの。乗客のこと考えてた。やがて着陸、荷物が出てくるのを待って、タクシーでホテルへ。想像してたの、どんなに素敵だろうって、あなたとホテルに行くの。どこか暖かで遥か遠くの土地へ。

二人は抱き合い、キスする。

ヘンリー　子供の頃、よく草の上に寝っ転がって飛行機がロンドン空港の方に飛んで行くのを見上げていた。あの頃は必ずロンドン空港って言ってた——ヒースローとは言わなかった。時々棒きれを拾って銃のつもりで飛行機を狙ったんだ。自分の空想力がものすごく強烈で、飛行機なんか一発で木端微塵、炎と煙を吐きながら墜落させられるかもしれないと思ったもんだ。ある日、本当に飛行機が墜落してね——ニュースで知ったんだ。すっかり怖くなっちゃって。自分がいけないんだと思った。僕の責任だって。数週間の間怖くて仕方なかったよ。警官の姿を見かけるたびに震えてた。

ジョアンナ　おかしな子供だったのね。

ヘンリー　今でも同じさ。

ジョアンナ　私たちは初めてベッドの中で愛し合った。私のベッド。アンジェラのベッド。私はジョアンナの体を動かして、わざと淫らでいやらしい恰好をさせました。「君をベッドに縛り付けたい」、そう言いました、「腕を頭の上に上げさせて、脚を思いっきり広げて」。「あなたならいい、好きにして」、ジョアンナが応えた、「何でも好きにして」。永遠に続けばいいと思った。これで十分ということはなかった。

ジョアンナ　昼食を摂りました。パテとサラダと白ワイン。

ヘンリーは二人のワインを注ぐ。

ヘンリー　アレクサンダーとセックスしたのはいつ？

ジョアンナ　そんなこと聞くもんじゃないわ。

ヘンリー　なぜ？

ジョアンナ　なぜでも。

間。ジョアンナはワインを啜る。

ヘンリー　教えて。
ジョアンナ　あなた、嫌だと思う。
ヘンリー　いつ？
ジョアンナ　ゆうべ。

ヘンリーはジョアンナを見る。間。

ヘンリー　どのくらい——つまり、いつも……？
ジョアンナ　まちまち。週に二回。そのくらい。
ヘンリー　楽しんでる振りするの？
ジョアンナ　そうしなくちゃ。
ヘンリー　なんてこった。

ヘンリーは腰を下ろす。

ジョアンナ　聞いたのはあなたよ。
ヘンリー　なんてこった。

ヘンリーはワインを飲む。

ヘンリー　それからもう一度セックス。ジョアンナは私の腕の中で眠りました。ジョアンナが帰ったのはいつもとおり、五時半。家の前の道路の端にある電話ボックスから電話をくれました。「もう、くっついていたくなっちゃった」、そう言った。
ジョアンナ　もう、くっついていたくなっちゃった。

ジョアンナ退場。

ヘンリー　お茶を淹れてアンジェラが教会の催しで買ってきたチェリー・ケーキを切りました。ベッドを直しました、シーツに証拠の染みなど残ってないことを注意深く確かめて。手早くシャワーを浴び、テレビのニュースを見ました。フランスの政治危機と東京で起きた何かの事件をやっていた。六時半にキッチンに行き、夕食の野菜の用意をしました。アンジェラが戻る音がしないか気になり始めました。砂利道に乗り上げてくるタイヤの音、玄関の鍵を開ける音。何の音もしない。七時にカクテルを作りました。ジン・トニックを。滅多にしないことですが。その時ふと思いついたのですが、アンジェラは昔馴染みに会いに行ったのかもしれない。チェルシーに住んでいる、ピーター・ジョーンズからそれほど遠くないし。電話をかけると、そこの家の娘が出て、今は自分が留守を預かっていて、両親は休暇でトスカナ地方だと言う。アンジェラには会っていない。ラジオの交通情報を聞いてみました。何か大事故とか脱線事故とか、あるかもしれないと思ったのです。何もなかった。もう一杯飲みました。それから三十分ばかり、電車の遅れとか運行中止がないか確かめようと、駅に電話し続けたのですが、あの苛々させる録音テープが発車時刻を知らせるだけ。生きた人間と連絡を取るのは全く不可能という感じでした。本を読もうとしましたが、集中できなかった。十時に意を決して警察に電話しました。

――幕――

第二幕

朝。ケイトとアレクサンダーがいる。

アレクサンダー　ヘンリーはどう？
ケイト　眠ってる、といいけど。二階にいるわ——疲れきって。
アレクサンダー　ほんとに何があったんです？
ケイト　分かるもんですか。アンジェラが帰って来なかった。ヘンリーは待ち続けた、そして警察に連絡した。
アレクサンダー　それから？
ケイト　若い巡査がやって来て、ヘンリーに心配するなって。こんな間抜けな言い方ってあるかしら？　ヘンリー、一晩中起きてたんですって、心配して倒れるんじゃないかしら。今朝になって別の人が来たわ——警部、だと思うけど。
アレクサンダー　なんて言ってました？
ケイト　同じようなこと。質問責めよ。
アレクサンダー　じゃ、どこにいるか見当もつかない？
ケイト　まるで。
アレクサンダー　参ったな。
ケイト　たぶんそれほど大事《おおごと》じゃないと思う。事故とか何とかだったら、もう分かってるでしょう。
アレクサンダー　そうですか？

ケイト　警察がそう言ってた。それに、ピーター・ジョーンズのお店の中で誘拐されたとは考えられないもの。

アレクサンダー　じゃ、どうお考えで……？

ケイト　分からないわ。

アレクサンダー　ヘンリー、気の毒に。気が狂ってもおかしくない。

ケイト　狂ってるわ、もう。

間。

アレクサンダー　アンジェラ、きっと自分から姿消したんじゃあ。そう思いませんか？　たぶん、計画的に。

ケイト　（眉を顰め）計画的に、何を？

アレクサンダーは肩を竦めるが、何も言わない。その沈黙がかえって何を言いたいか明らかにしている。

ケイト　まさか。あの人そんなことする人じゃない。

アレクサンダー　そりゃ、そうかもしれないけど。

ケイト　黙って出て行くわけない。どうであれ——でも、どうして？

アレクサンダー　知りませんよ。

ケイトはアレクサンダーをまじまじと見る。驚いてはいるが、必ずしも疑っているというわけではない。

ケイト　そんなことあり得るとでも……？
アレクサンダー　分かりません。前から気になっていて、何かうまくいってないような。
ケイト　どういうこと？
アレクサンダー　はっきりとは言えないけど。最近のヘンリー、ヘンリーらしくないでしょう。態度が何だかおかしい。ジョーにそう言ったんです、「何かうまくいかないことがあるんじゃないかな。気もそぞろで。ヘンリーらしくないよ」って。ジョーは私が馬鹿なこと言っているって言うんです、「なに馬鹿なことを」って。そんなことないと思うけどなあ。どう思います？

玄関のベルが鳴る。

アレクサンダー　きっとジョーでしょう。後から来るって言ってましたから。

ケイトが出る。クライヴ・プール警部登場。私服、四十代。

プール　すみません、またお邪魔して。
ケイト　いいんですのよ。さ、お入りになって。プール警部。こちらバーリーさん。
アレクサンダー　よろしく。
プール　初めまして。
アレクサンダー　何かニュースが？
プール　いや残念ながら。
ケイト　兄は休んでおります。起こして来ましょうか？
プール　奥さんの写真をお借りしたものですから。お返ししに来ただけです。お起こしするまでもありません。（ちらとアレクサンダーを見る）あなたの奥様がプリースさんの秘書を――そうですね？
アレクサンダー　えゝ。
プール　そう、どこかで聞いたお名前だと思いました。
アレクサンダー　で、今どうなってます？
プール　病院と事故の記録を当たってます。スコットランド・ヤードの失踪者担当部局にも連絡を取ります。
ケイト　ピーター・ジョーンズはお調べに？
プール　調べました。奥さんが何か買ったという記録はありません。だからといって、もちろん、大した意味もありませんが。店に入ったけれど、気に入ったものがなかったということだってあり得る。

アレクサンダー　で、今は何を？

プール　二日ばかり待ちましょう。ほとんどの場合、四十八時間以内に戻って来る。

アレクサンダー　もし戻って来なかったら……？

プール　できることは大してない。奥さんが自分の意思で出て行かれたのなら、それが奥さんの選択だったんですから。

ケイト　行方不明の人を捜すのが警察のお仕事じゃないんですか。

プール　何か犯罪の疑いがある場合――あるいは、行方不明者が十六歳以下の場合、老人で保護が必要な場合、そして精神的または肉体的な障害のある場合にのみ限られますな。死んだか事故に巻き込まれたかなら、発見は容易です。そういうことが起こってないとすれば、行方不明になったのは、本人が行方不明になりたかったのだと考えざるを得ない。そうする自由は完全に保障されている。自由の国なのですからな、何と言っても。

ケイト　じゃ、兄はどうすればいいの？　自分で捜しに行けと？

プール　いろいろな団体がありますから。電話番号をお教えしましょう。ずいぶん活躍していますよ。行方不明の、少なくとも七十パーセントがやがて見つかる。

アレクサンダー　後の三十パーセントは？

プール　新たな人生を始める。恐らくは。偽名を使うのは犯罪ではありませんからな、少なくとも詐欺行為を働かぬ限りは。

アレクサンダー　驚いたな。

プール　えゝ、まさに。ある人が調べたそうですが、平均的な人間が一生の間に公的な文書にサインする回数は一万回にも上るとか。にもかかわらず、ひっそりと、納税台帳や保険番号やお役所のさまざまな書類から逃れて暮らしていける――呆れるほど簡単に。これを知って、私などはむしろほっとしたくらいですが。

アレクサンダー　いなくなったのが、あなたの奥さんだったら、そうでもないでしょうが。

プール　えゝ、それはもちろん。

ヘンリー登場。

ヘンリー　おや、みなさんお揃いで。何か新しい？

プール　いえ、残念ながら。

ヘンリー、ケイトに挨拶のキス。

ヘンリー　もう勤めに出かける時間だろう？　僕のためならいいから。

ケイト　もう、行くわ。

アレクサンダー　ヘンリー、大丈夫？　気分はどう？

ヘンリー　奇妙だ。体中が痛むんだ、インフルエンザみたいに。

アレクサンダー　緊張のせいだよ。神経張り詰めてるから。

プールが封筒をポケットから取り出す。

プール　奥さんの写真、お返しします。コピー作りましたから。
ヘンリー　ありがとう。

玄関のベルが鳴る。

アレクサンダー　出ようか？
ヘンリー　あゝ、頼む。

アレクサンダー退場。

プール　奥さんは朝食の後、お出かけになったんですね。何時ごろだったんでしょう？
ヘンリー　九時かそこら。九時四十三分の電車に乗りましたから。
プール　駅まではあなたが車で？
ヘンリー　タクシーで行きました。

プール　あなたがタクシー会社に電話を？
ヘンリー　いいえ、家内が。コッツウォルド・ミニキャブ。いつもあそこに頼むんです。
プール　そうですか。

アレクサンダーがジョアンナと登場。

アレクサンダー　家内です。プール警部さん。
ジョアンナ　初めまして。
プール　よろしく。
ジョアンナ　ヘンリー、あたし、心配で、心配で……。

ジョアンナはヘンリーにキスをする。

ジョアンナ　大丈夫？
ヘンリー　なんとか。

プールが立ち去ろうとする。

プール　じきご連絡します。プリースさん。
ジョアンナ　いったい何があったんでしょうか？
プール　たぶん、何も。人間誰でも、時にはどうしようもなく逃げ出したくなるものです。たいていは戻って来る。
ジョアンナ　逃げ出すって、何から？
プール　責任、日常、中年。
ヘンリー　家内が神経衰弱かもしれないと？
プール　嫌いですな、そういう決めつけ方は。

プールはヘンリーと握手する。

プール　あまり心配なさらぬように、プリースさん――お電話します。では失礼。

退場するプールに、一同それぞれに挨拶の言葉。

アレクサンダー　さて、君をどうすればいいのかな？
ヘンリー　どういうこと？
アレクサンダー　ここには居られないだろう。

ヘンリー　どうして？
ケイト　家にいらっしゃいな。
ジョアンナ　家にいらっしゃいよ。
ヘンリー　いや、いや。
アレクサンダー　ここに一人で居るわけには。
ヘンリー　どうして？
アレクサンダー　論外だよ。
ケイト　アレクサンダーの言うとおり。私のところに来なさい。
ヘンリー　できるわけないだろう？　何かあったらどうする。
ケイト　警察に言っておけばいい、私の電話番号教えておけば、向こうに連絡くれるわよ。
ヘンリー　アンジェラが電話してくるかもしれない。
ケイト　電話局に言っておけばいい。転送してくれるはずよ。もう議論は止め。私の所に泊りなさい。
（アレクサンダーに向かって）じゃ、行くわ。乗ってらっしゃる？
アレクサンダー　お願いします。
ケイト　ジョーは？
ジョアンナ　ヘンリーと話して行くわ。

ケイト、ヘンリーにキスする。

ケイト　無理しないで。七時には帰ってるから。

アレクサンダー、ジョアンナにキスする。

アレクサンダー　行ってくるよ。帰りはいつもどおり。

アレクサンダー、ヘンリーを抱いて。

アレクサンダー　何かできることあればいいんだけど。

ケイトとアレクサンダー退場。間。ジョアンナとヘンリーは立ったまま互いに見合う。

ジョアンナ　あの人、どこに居ると思う？
ヘンリー　見当つかない。
ジョアンナ　あたしたちのこと気付いたのかしら？
ヘンリー　分からない。
ジョアンナ　きっと、そうよ。

ヘンリー　そうとも限らない。
ジョアンナ　そうに違いない。だからこんなことを。
ヘンリー　どういうこと？
ジョアンナ　罰を下したかった。
ヘンリー　気付いたとは思えないな。まるで何でもなかったもの、出かける時、まったくいつものとおり。
ジョアンナ　警察はなんて言ってるの？
ヘンリー　心配するなって、そればかり。たいてい、四十八時間以内に戻るらしい。
ジョアンナ　アンジェラも、戻って来るかしら。
ヘンリー　死んでるかも。
ジョアンナ　そんなことないわよ。
ヘンリー　どうして分かる？
ジョアンナ　まさかそんなこと！
ヘンリー　死んでたら、僕のせいだ。
ジョアンナ　どういうこと？
ヘンリー　分からない。気にしないで。たわ言さ。
ジョアンナ　これからどうするの？
ヘンリー　分からない。そんなこと、考えても見なかった。何も。

ヘンリーはテーブルに行き坐る。ジョアンナ退場。

＊

カリフォルニアの陽光。ベン登場。

ベン　最初の衝撃が去って、まず考えたのはおよそ自己本位なこと。週末アリスとカーメルの友達の所に滞在する予定でした。これはもはやかなり絶望的。それから、親父のこと。電話のようす、どうしようもないんです、親父、歳なんだなと思い知らされました。僕は、いつも親父とお袋が一緒に歳をとっていくものと思い込んでいた。人生の苦労からも解放されて、グロースターの夕日の中に穏やかに消えて行く二人の姿を思い描いていたんでしょうね。明らかにそうはなりそうもない。ただ、どうしても受け入れられなかったのは、私の母がこの謎めいた状況で姿を消したという事実です。どう考えてもおかしい。お袋は、およそ謎めいた存在とは程遠い人間です。だから、きっと何か納得のいく理由があるに違いないと信じていた、電話が鳴るたびに、あ、親父からだなって思いました、万事解決、母さん戻ったぞ、心配することなんてないから、って。そうはうまくいかなかった。仕方なく、英国航空の二百六十八便に席を予約しました。

ベン退場。

＊

夕刻。ケイト登場、ヘンリーの坐っているテーブルに行く。二人、夕食を食べる。

ヘンリー　ベンに電話した。
ケイト　なんて言ってた？
ヘンリー　動転していた。二、三日でも戻りたいって。あいつ、ここに泊めてもいいのかな。
ケイト　当たり前よ。
ヘンリー　明日着くんだ、宵の口に。かまわない？
ケイト　えゝ、もちろん。

間。二人、食べる。

ヘンリー　今になって、いろいろ考えると――僕とジョアンナ――ほんとに、一種の狂気としか言えない。
ケイト　そうね。
ヘンリー　まったく。
ケイト　そう。

ヘンリー　自制心をなくした。ジョアンナも。二人が一時《いっとき》共有したのは精神の情熱的錯乱さ。（ケイトを見て）なに言ってるか、分からないだろうな。

ケイト　兄さんだけが特別じゃないの。兄さんが特に変わってるなんてこと、全然ないのよ。自分ではそう思いたいのでしょうけど、そうじゃない。兄さんがなに言ってるか、正確に分かっているわよ。

ヘンリー　まさか、どうして？

ケイト　あたし、愛人がいた、十八年近く。

ヘンリー　君が……！

ケイト　そんな驚いた声出さないで。

ヘンリー　誰？

ケイト　ビル。ビル・バージェス。職場の上司。

ヘンリー　あいつが君の？

ケイト　以前はね。そう。

ヘンリー　でも、あの男……

ケイト　なに？

ヘンリー　年寄りじゃないか。

ケイト　二十歳、年上。

ヘンリー　どうしてなにも言わなかった？

ケイト　ビルが嫌がったの。私、あの人のしたいとおりにしたわ。
ヘンリー　あいつ結婚してるじゃないか。
ケイト　えゝ。
ヘンリー　奥さんにも会ったじゃない。会社のパーティがあっただろ。アンジェラとここに泊っていたとき。
ケイト　五年前のクリスマス。
ヘンリー　それで？
ケイト　奥さんが亡くなって。私は結婚できると思った、でもビルはそれを望まなかった。その話題を避けるの。そのうち前ほど会おうとしなくなった。ある日、もう会うのは止めようって。それから三か月して他の人と結婚したわ。
ヘンリー　何てことを。
ケイト　私、酷いことしたの。
ヘンリー　分かるよ。
ケイト　真夜中に電話したり。二人の寝室の窓に石を投げたり。犬の糞をドアの郵便受けから押し込んだり。ビルは警察を呼ぶぶって脅したわ。
ヘンリー　いつ頃のこと？
ケイト　去年。
ヘンリー　知らなかった。アンジェラも僕も想像すらしなかった。

ケイト　アンジェラに一度、泣いている所を見られたわ。猫が死んだって誤魔化したの。
ヘンリー　猫なんか飼ってないのに。
ケイト　アンジェラは知らなかったもの。知ってたとしても、忘れてたんじゃない。
ヘンリー　話してくれなくちゃ。
ケイト　誰にも話さなかった。
ヘンリー　可哀想に、ケイト。
ケイト　ほら、だから何も言わなかった。「可哀想に、ケイト」。憐れみはたくさん。他の話、しましょう。

間。

ヘンリー　あいつ、アンジェラの目の色を聞いたよ、プール警部。ところが思い出せないんだ。
ケイト　他になに聞かれた？
ヘンリー　何を着てたか、喧嘩をしなかったか。変な気分だったよ。
ケイト　そうでしょうね。
ヘンリー　誰か他の人の人生を生きてるみたいな気分。
ケイト　ジョアンナのことは何か話したの？
ヘンリー　いや、ジョアンナの何を？

ケイト　兄さんとのこと。
ヘンリー　いや、話したほうがよかった?
ケイト　ううん、そんなことないわよ。
ヘンリー　いや、そう思ってる——
ケイト　思ってないわ。
ヘンリー　——さもなきゃ、そんなこと言い出さないよ。
ケイト　思ってない。ほんとに。

間。

ヘンリー　君に言ったこと、ずっと考えてた。
ケイト　何のこと?
ヘンリー　「アンジェラが消えていなくなってくれれば」って。
ケイト　いつそんなこと言った?
ヘンリー　ジョアンナのこと打ち明けたとき。
ケイト　覚えてない。
ヘンリー　アンジェラが気付くかどうか話していた時。あいつを苦しめると思うと耐えられないって言っただろ。それから「アンジェラが消えていなくなってくれれば」って。そう、このとおり、いなくなった。

ケイト　兄さんのせいじゃないわ。

ヘンリー　どうして分かる？

ケイト　自分を責めたりし始めないでね。

ヘンリー　あのときは本気でそう思ってた。アンジェラが消えてなくなればいいって。僕の人生から。苦痛もごたごたも不快な思いもなく。願いが叶ったわけだ。

ケイト　馬鹿言わないで、兄さん。まず第一に、あの人に何があったか分かってないのよ。ぴんぴんしてるかもしれない。第二に、まるで大変な罪を犯したような顔してるけど。あんなの不品行とさえ言えない――せいぜい僅かばかりのモラルの欠如。第三に、信じられないほど自己中心的、責任を全部自分で背負い込もうなんて。他にも巻き込まれた人間はいるのよ。

ヘンリー　たとえば？

ケイト　うん、たとえば、私。

ヘンリー　君が……？　君とどんな関係がある？

ケイト　私、アンジェラ好きだもの。義理の姉さんでしょ、やっぱり。何かするべきだったかも、兄さんが打ち明けてくれたとき。

ヘンリー　何かって、何を？

ケイト　アンジェラに言わなくちゃいけなかった。

ヘンリー　そんなことして、いいことあったとでも？

ケイト　分からないじゃない？　とてもいいことだったのかもしれない。それはともかく、何かするべきだった。でもしなかった。だから後味の悪い思いをしている。

ヘンリーは一瞬黙っている。

ヘンリー　オルダートンていう名前の子、覚えてる？　ジェフリー・オルダートン。
ケイト　オルダートン……？
ヘンリー　学校で一緒だった。背が高くて、赤毛の、ゴルフ場の傍に住んでいた。学校の帰りに、よく一緒にカトリック教会の近くの玩具屋の前を通ったんだ。あの店、憶えている？　いつもウィンドウに模型の汽車が飾ってあった。すごく精巧にできていて、トンネルや駅や橋が一杯あって、何台もの列車が円いレールの上を走り回る——貨車に客車。見事だった。
ケイト　えゝ、憶えてる。
ヘンリー　ある日、ジェフリーが店に入って行った。あいつ、店員が他の客の相手をするまで待って店に入ったかと思うと、模型の機関車を盗んだ。ホーンビー社製のスクール型。サザン・レールウェイを走っていた緑の車両さ。今でもまざまざと目に浮かぶんだ。ジェフリーはそれをさっと手に取ると、店を出た。誰も見ていなかった、追っても来なかった、あいつの親もどこからこの玩具が現れたのか聞きもしない。あいつは何の罰も受けなかった。まったく、見事に罰を受けずにやりおおせたんだ。

その時以来、僕はあいつが怖くなった。別に僕が責められやしないかとか、あいつの犯した罪に巻き込まれやしないかとかそういう怖れじゃあない、そうじゃなくてジェフリーの行為で僕には分かってしまった、ルールは破ってもいいし、罰も受けずにすむんだってことが。それがすごく不安だった。

ジェフリーはロータリー・クラブの昼食会で倒れて急死した。まだ四十八。遅れ馳せながら、一種の報いを受けたのかもしれないな。

ヘンリーとケイトに当たっている照明が落ちる。

＊

プール登場。

プール バセットと名乗る男から電話があり、私に話があるという。バーフォードの近くにあるグリーブ・コート・ホテルの支配人だと自己紹介しました。このホテルならよく知っています。結婚記念日をそこで祝う慣わしになっていたのです。ワインのリストが素晴らしい。

バセットに照明が当たる。

バセット　行方不明の女性のことなんですが……

プール　プリース夫人？

バセット　新聞で写真を見ました。

プール　それで？

バセット　あの、一緒に写っている男性ですが――ご主人ですか――見覚えがありまして。

プール　ホテルに来たことがあるんでしょうな。

バセット　はい、でも偽名を使ってました。

バセットとプールに当たっていた照明が落ちる。

＊

午後。ヘンリー登場。

ヘンリー　ケイトは勤めに出かけました。一日が、同じように過ぎていきました。何をすればいいかも分からぬまま。坐ってテレビをつけました。太った女が性の悩みに答える番組。その次がホルモン療法に関する討論番組、次がクイズ番組、それから漫画のバッグズ・バニー。チャンネルを変えるとアメリカ人の人形劇、毛虫に似た派手な色の奇妙な毛むくじゃらの生き物が出ていました。その次が昔の映画、レックス・ハリスンが主役。別のチャンネルでは政治番組。それが終わるとエクアドルの鉄道に関する映画。

ジョアンナ登場。

ジョアンナ　何してるの？
ヘンリー　うん、何も。
ジョアンナ　電話待ってた。
ヘンリー　すまない。
ジョアンナ　どうして、してくれないの？
ヘンリー　分からないんだ……
ジョアンナ　何が？
ヘンリー　君と会ってもいいのかどうか。
ジョアンナ　どういう意味？
ヘンリー　いや、たぶん、二、三日は——つまり、その——慎重にしたほうがいいかと思って。
ジョアンナ　なぜ？
ヘンリー　万が一、誰かが僕たちのことで早合点しないとも限らない。
ジョアンナ　どうして、そうなるの？
ヘンリー　分からないよ。

ジョアンナ、ヘンリーに近づく。

ジョアンナ　私にはあなたが必要なの、ヘンリー。一緒にいたい。

二人が抱き合おうとした所へ、ベン登場。キャンバス地の旅行バッグを持っている。ヘンリーはジョアンナから飛び退く。

ヘンリー　ベン！

ベン　父さん――久しぶり。

ベンはバッグを置く。ヘンリーのところへ行き抱きしめる。

ヘンリー　もっと遅いかと思っていた。

ベン　予定より早い飛行機に乗れたんだ。

ヘンリー　こちら、ジョアンナ、バーリーの奥さん。父さんの、あ――近所の方。

ベン　どうも。

ジョアンナ　こんにちは。

ベン　何か知らせは？
ヘンリー　何も。

ジョアンナ立ち去ろうとする。

ジョアンナ　後で電話するわね、ヘンリー。
ベン　あ、どうぞごゆっくり。
ジョアンナ　家に戻らなくては。
ベン　あなたが父の本の手伝いをしてくださってる方ですね。
ジョアンナ　そうよ。
ベン　どうです、進行具合？
ジョアンナ　順調よ。（ヘンリーに、帰りかけながら）後で連絡します。
ヘンリー　よろしく。
ジョアンナ　（ベンに微笑み）またお会いしましょうね。
ベン　えゝ、是非。

ジョアンナ退場。間。

ベン　それで——まだ何も……？
ヘンリー　まったく。
ベン　警察じゃ、何て言ってるの？
ヘンリー　はっきりしたことは何も。お前、直接聞いたほうがいいだろう。お前が帰ってくること話してあるから。
ベン　今は何してるんだろう？
ヘンリー　警察？　知らんな。いろいろ聞き回っているんじゃないかな。病院を当たったり。母さんが突然どこかに姿を現すのを待ってるんだろう。
ベン　（ヘンリーを見て）生きてると思う？
ヘンリー　分からない。
ベン　父さんの直感では？
ヘンリー　分からない。お前は？
ベン　死んだとは思えない。考えられないよ。といって……
ヘンリー　なんだ？
ベン　あらかじめ計画したこととも思えない。母さん、いつもと何にも変わらなかったんだよ、この間電話したとき。
ヘンリー　記憶を失ったのかもしれない。あり得るかな？——つまり、医学的にあり得るだろうか？
ベン　考えられる、うん。

ヘンリー　どんなふうに起こるんだ？　原因は？
ベン　ヒステリー性記憶喪失症っていうのがある。ひどい記憶の喪失と精神分裂を引き起こす。突然自己認識のスイッチを切っちゃうんだ――テレビのチャンネルを切り変えるみたいに。母さんの年齢の女性には珍しいけど、起こり得る。
ヘンリー　どうしてそういうことが起こるんだ――原因は究明されているのか？
ベン　耐えがたい苦痛から逃れようとして引き起こす人もいるし、同情して欲しくてなる人もいる。一概には言えない。
ヘンリー　治るのか？
ベン　うん、治る。ゆっくり、徐々に徐々に記憶が戻るんだ。ただ失われた数日とか数週間の記憶は、普通失われたままで、思い出せない――あるいは、思い出そうとしない。

間。

ヘンリー　最後に話をしたのはいつだ？
ベン　土曜。
ヘンリー　何時頃？
ベン　朝飯のすぐ後。こっちの四時頃かな。父さんはケイト叔母さんのところだって言っていたよ。
ヘンリー　聞いてないな。

ベン　忘れたんだろ。

ヘンリー　考えられんがな、忘れるなんて。母さん必ず話してくれるんだ、お前から電話があると。

ベン　（躊躇って）たぶん、話すまいと思ったんじゃあ？

ヘンリー　どうしてそんなこと？

ベン　僕が父さんのことで電話したから。

ヘンリー　父さんのこと？

ベン　心配だったんだ。

ヘンリー　何が？

ベン　留守電に変な伝言残すから。

ヘンリー　父さんが？（思い出し）ああ、そうだ。

ベン　父さん大丈夫か、母さんに聞きたかったから。

ヘンリーはベンから離れて。

ヘンリー　ベンにジョアンナのことを話さなくてはならなかった。避けるわけにはいきません。口はからから。必死で適当な言葉を探したのですが。

ベン　もちろん分かってるよ、母さんがどれほど不幸だったか。

ヘンリーは驚いてベンを見つめる。

ヘンリー　何だって……？
ベン　手紙くれたんだ。それで、電話で話した。
ヘンリー　いつのことだ？
ベン　父さんたちがまだロンドンにいた頃。大事なことだったんだよね、田舎に引っ込むこと。
ヘンリー　大事……？
ベン　母さんにとって。引っ越しても生活は変えられないって、母さんに分からせようとはしたんだけど、耳を貸そうともしなかった。残された最後の賭けだって、そう言っていた。

ベンはヘンリーを見る。ヘンリー、黙っている。

ベン　知っていたんでしょ、母さんの気持ち？
ヘンリー　（嘘を見ぬかれまいと懸命に）あゝ、もちろん、当たり前だ。
ベン　今度のこと、父さんを責めるつもりなんてないよ。分かってるでしょ。人生ってこんなことあるんだよ。幸福って、いつもあるわけじゃない。父さんも母さんもきつかったんだろうね。

応えはない。ベンはバッグを持つ。

ベン　二階に持って行く。シャワー使っても大丈夫かな、叔母さん？
ヘンリー　あゝ、もちろんだ。

ベンは旅行カバンを持って退場。

ヘンリー　私はベンの言葉に茫然としていました。ベッドの中でアンジェラの横に寝てきた日々を、長い歳月を思い返しました。妻が何を考えていたのか、私には皆目分からない。そんなことあり得るのでしょうか？

照明落ちる。

＊

夕刻。

ヘンリー　その夜は延々と終わりがないような気がしました。ベンは仕事の話をしていた。ケイトがあれこれ尋ねて。私は話す気にはなれなかった。悲哀、悔恨、自責、そんな感情に圧倒されていた。二人とも気付いていないらしい。やがて二人は寝室へ。私は一人でテレビを観ていました。

老人病を扱ったコメディ物のシリーズ。ブラッドフォードに住むパキスタン人のドキュメンタリー。フロリダで行われたゴルフの世界選手権大会の録画ハイライト。アンジェラのことを考えました。涙が出ました。テレビ番組が終了し、私はそのままソファで眠った。

＊

昼間。プール登場。

プール　このあたりの新聞に奥さんの失踪記事が出ていました。
ヘンリー　えゝ、見ました。
プール　電話がありまして、ホテルの支配人をしているバセット氏から。バーフォードの郊外にあるグリーブ・コート・ホテル。
ヘンリー　あ、そう？
プール　新聞の写真であなたを見て、あなたがホテルで昼食をお摂りになったのを思い出したそうです。車が故障したとか。
ヘンリー　えゝ。
プール　ご婦人とご一緒だった。
ヘンリー　えゝ。
プール　奥さん？

ヘンリー　いや。実は――違います。
プール　昼食の予約をなさるとき、スティーブンソンという名前をお使いになったとか。そうですか？
ヘンリー　えゝ。
プール　なぜです？
ヘンリー　それがなにか？
プール　奥さんの失踪と何か関係があるかと思いまして。

一瞬の躊躇い。

ヘンリー　家内はそのことは知らなかった。
プール　そのこと？
ヘンリー　私の情事。いえ、その時はまだ。ホテルに食事に行った時はまだ。いや、もう、すでに。その時でした、始まったのは。どうして名前を偽ったか分かりません。理由があったのでしょうが、忘れました。
プール　一緒だったご婦人は……？
ヘンリー　名前を言わなくてはいけませんか？
プール　仰りたくなければ、けっこうです。

ヘンリー　言いたくないな。
プール　グリーブ・コート・ホテルでの昼食というのは、いつのことです？
ヘンリー　八月。八月の終わり。
プール　では、しばらく続いていたわけですね？　情事は。数か月。
ヘンリー　二月《ふたつき》月余り。
プール　三月《みつき》近く。
ヘンリー　大した長さじゃない。
プール　奥さんが気付くには十分でしょう。
ヘンリー　いや、あれは気付いてない。
プール　奥様失踪の納得行く説明にはなる。違いますか？
ヘンリー　たぶん。えゝ。分からない。
プール　金銭問題、人間関係の崩壊――殊に長く続いた関係の――最も一般的な原因です、人が行方不明になる時の。
ヘンリー　あなたの仰る、「関係」ですが、私たち夫婦の間では「崩壊」していない。私たちはいい結婚生活を送ってきました。全体として。
プール　いい結婚生活。どういう意味でしょう？
ヘンリー　それは……
プール　お聞きしてみただけです。「いい」――実に曖昧な言葉だ。

ヘンリー　私はそうは思わない。
プール　今朝はいい朝食だった。これは、朝食が正しく高尚だったということでしょうか、それとも、消化にいい朝食という意味か、あるいは、栄養があり健康にいい朝食ということなのか、ただ単に口当たりのいいという意味なのか？
　　どれが本当でどれが嘘
　　どっちもどっち嘘も方便

玄関のベルが鳴る。ヘンリーは動かない。

プール　どうぞ。お出になってください。
ヘンリー　えゝ。

アレクサンダー登場。プールを見て。

アレクサンダー　あ——失礼。まずかった？
プール　いいえ、少しも。
アレクサンダー　何か分かりました？
プール　残念ながら。

アレクサンダー　また後にしましょうか？
プール　いや、かまいません、もう失礼するところで。（去りかけるが立ち止まり）変わったお名前ですな、バーリー。始めて聞く名前ではないかな。
アレクサンダー　古期英語に語源が、主にランカシャーとチェシャーに見られます。
プール　あゝ。またご連絡を。プリースさん。
ヘンリー　えゝ。失礼します。
プール　失礼します。
アレクサンダー　どうも。

プール退場。

アレクサンダー　ほんとに邪魔したんじゃない？
ヘンリー　いや、いや。ただ立ち寄っただけさ――細かなことを確かめに。
アレクサンダー　じゃ、まだ捜索中か？
ヘンリー　あちこち聞き回ってるだけさ。

アレクサンダーはヘンリーの腕を取る。

アレクサンダー　どうだい？　気分はどう？
ヘンリー　同じようなものさ。
アレクサンダー　ちゃんと食べてる？
ヘンリー　あゝ。
アレクサンダー　眠れる？
ヘンリー　あゝ、大丈夫、普段にも増して。
アレクサンダー　一種の鬱じゃないか。
ヘンリー　何が？
アレクサンダー　眠りに逃避している。君に必要なのは気分転換だろう。気を紛らせることが。
ヘンリー　じきよくなるさ。
アレクサンダー　いいかい。ジョーと僕は来週弟のところに行くんだ。一緒に行こう。
ヘンリー　いや、駄目だ。
アレクサンダー　ベンはアメリカに戻ってしまうだろ。一人で塞ぎ込んでいることないじゃないか。
ヘンリー　いや、ほんとに、無理だ。
アレクサンダー　弟の家はライム・レージスの近くなんだ。素晴らしい景色。医者の決まり文句みたいだけど、海辺で二、三日静養したらどうかな。
ヘンリー　親切にすまない。
アレクサンダー　弟もきっと喜ぶよ。

ヘンリー　いや、ほんとに——
アレクサンダー　どうして？
ヘンリー　行けない。
アレクサンダー　どうして？
ヘンリー　駄目なんだよ。
アレクサンダー　まったく！
ヘンリー　すまない。
アレクサンダー　ヘンリー。君はいい人だし、僕もジョーも君が大好きだ。今大変な時だということも、精神的にひどい打撃を受けているのも分かる——でも、君自身が自分をそこから救い出さなきゃ。いつまでも惨めな気分のままっていうのはよくない。二、三日出かけて来るのは、いいんじゃないかな。後のことは警察に任せておけばいい。車で一緒に行こう。大した用意もいらないだろ。さ、ヘンリー——いいだろう？
ヘンリー　僕はジョアンナと寝ている。

間。

アレクサンダー　何だって？
ヘンリー　二度も言わせないでくれ。

アレクサンダー　ジョアンナと寝ている？
ヘンリー　あゝ。
アレクサンダー　馬鹿な。
ヘンリー　すまない。
アレクサンダー　君が！　君がジョアンナと寝ている？
ヘンリー　すまない。すまない。
アレクサンダー　気が変なんだ。病気なんだろ。あるわけない。
ヘンリー　本当だ。
アレクサンダー　俺の女房とやってるって言うのか！
ヘンリー　そんな言い方するな。頼む。
アレクサンダー　くそ。なんてことを。
ヘンリー　すまない。
アレクサンダー　下司野郎。
ヘンリー　言わないわけにいかない。警察が根掘り葉掘り聞くんだ。
アレクサンダー　どういうことだ？
ヘンリー　連中が僕らのことをかぎつけた。
アレクサンダー　いつからなんだ？
ヘンリー　九月。

アレクサンダー　下司。
ヘンリー　すまない。
アレクサンダー　いつ、していた？
ヘンリー　できる時に。
アレクサンダー　どこで？
ヘンリー　家で、僕の家だ。
アレクサンダー　アンジェラは？
ヘンリー　あいつが留守の時だ。
アレクサンダー　仕事の時間を増やしたいと言って。
ヘンリー　そうだ。
アレクサンダー　あいつとやっていた。
ヘンリー　そうだ。
アレクサンダー　気が付かないなんて。馬鹿だよ、間抜けだよ！――笑ってたんだろうな、俺のこと。
ヘンリー　すまない。
アレクサンダー　あいつお前を愛してるのか？
ヘンリー　分からない。
アレクサンダー　分かってるだろうが！　あいつ愛してるって言ったか？
ヘンリー　頼む、止めてくれ。

アレクサンダー　答えろ。
ヘンリー　言った。
アレクサンダー　お前を愛してるって言った？
ヘンリー　言った。
アレクサンダー　畜生。
ヘンリー　すまない。
アレクサンダー　畜生。畜生。畜生。

膝をついて啜り上げる。

ヘンリー　なんてこった。
アレクサンダー　あいつ、俺と別れたいんだろ？
ヘンリー　いや――いや、そんなんじゃないんだ。
アレクサンダー　嘘だ。あいつが貴様を愛してると言うなら、貴様と暮らしたがるはずだ。あいつのことなら分かってる。何年も一緒に暮らしているんだ。十一年だぞ！　くそっ。
ヘンリー　止めてくれ。
アレクサンダー　なぜこんなことする？　どうして俺に話した？
ヘンリー　警察が調べ出した。そんな形で知らせたくなかった。自分で話すべきだと。

アレクサンダー　俺を傷つけたいのか。
ヘンリー　違う。
アレクサンダー　嘘だ。
ヘンリー　本当だ。
アレクサンダー　アンジェラは知ってるのか？　話したのか？
ヘンリー　いや。
アレクサンダー　だから居なくなったのか？
ヘンリー　違う。
アレクサンダー　嘘だ。
ヘンリー　アンジェラは知らなかった。確かだ、知らなかった。
アレクサンダー　貴様、アンジェラの人生を台なしにしたんだ——俺の人生も。下司野郎。地獄におちるがいい、悶え苦しんで死ぬがいい。

アレクサンダー退場。

間。

ヘンリー　アレクサンダーの苦悩を目の前にしても、それはまるで半透明の幕を通して見ているようでした。心はどこか遠くにあって、何も感じなかった。とても静かに坐ったまま、あたりが暗くなっていくのを見ていました。

午後遅く。ジョアンナ登場。

＊

ジョアンナ　どうしてあんなことを？　どうして話しちゃったの？

ヘンリー　どうしようもなかった。警察が根掘り葉掘り聞くんだ。

ジョアンナ　なにを？

ヘンリー　僕の情事を。

ジョアンナ　まあ。

ヘンリー　君の名前は言わなかった、でも、いずれ言わなきゃならないかも。

ジョアンナ　あの人、打ちひしがれてる。ひどいものよ。

ヘンリー　分かってる。

ジョアンナ　泣き続けてる。

ヘンリー　君がここに来ていること知ってるの？

ジョアンナ　えゝ、もちろん。

ヘンリー　何て言って来たの？

ジョアンナ　あなたに会わなくちゃならないって。

ヘンリー　何て言ってた？
ジョアンナ　何も。（間）あたし、あの人の傍にいなくちゃ。別れるわけには——
ヘンリー　そう、そうだよ……
ジョアンナ　——あの人をあのままにして、家を出るわけにはいかない。
ヘンリー　そうだとも、もちろんだ。
ジョアンナ　どうしてあんなことを？　どうしてアレクサンダーに話したの？
ヘンリー　他にしようがなかった。
ジョアンナ　アンジェラだって今にも戻ってくるかもしれない。ベンも帰っているのに。待てなかったの。
ヘンリー　できなかった。

間。

ジョアンナ　赦してね。
ヘンリー　赦すなんて。
ジョアンナ　今はあの人と別れられない。
ヘンリー　分かるよ。
ジョアンナ　ご免なさい。

ヘンリーはジョアンナに近づく。

ヘンリー　こう言った方がよければ、君に家を出てほしくはないんだ。

ジョアンナ　どういう意味？

ヘンリー　現実に可能だなんて考えたこともない。

ジョアンナは顔をしかめ、この告白に驚く。

ジョアンナ　何ですって……？

ヘンリー　だから——現実には無理だ。

ジョアンナ　でもあたし——それが二人の望みだと——あなた、そう……

ヘンリー　あ、あゝ……

ジョアンナ　一緒になるって。

ヘンリー　うん、そりゃ。

ジョアンナ　（まじまじと見つめて）そのつもりじゃなかったの。

ヘンリー　そのつもりだった——もちろん。

ジョアンナ　でも、家を出ないほうがいい……。

ヘンリー　今はね、駄目だ、よくない。

ジョアンナ　まだ愛してるのね、あの人を。

ヘンリー　君を愛してる。

ジョアンナ　いいえ、嘘。

ヘンリー　本当だ。分かってるはずだ。

ジョアンナ　思ってもいないこと言わないで。

ヘンリー　本当なんだ。

ジョアンナ　嘘よ、嘘だわ！　――分かるわよ。まだ愛してるんだわ、あの人のこと！

ヘンリーはジョアンナを抱擁しようとして前へ出る。

ヘンリー　ジョアンナ――

ジョアンナ　近寄らないで！（脇に突き放し）あなたはあたしのすべてなのよ！　分からないの？　愛してる！　あたしの生き甲斐なの！　なんてこと。気分が悪くなりそう。

ジョアンナ退場。ヘンリーは椅子に沈み込む。

＊

プール登場。

プール　もう一度プリース氏の家を見ておくことにしました。記憶を新たにするためです。村からほんの二、三百メートルしか離れていませんが、驚くほど孤立している。見まわしても家一軒見えません。戸締りは完璧、何にでもちゃんと錠が掛けられている。プリース氏は明らかに几帳面な人物です。庭仕事も熱心。納屋は庭仕事の道具類で一杯——サイレンセスターの店で借りた、物騒な形をした火炎除草機もありました。庭いじりの本で一杯の本棚、それに混じって、緊縛専門のSM雑誌のコレクションが少々。庭のはずれに、灰が一杯の穴を見つけました。火炎除草機が頭に浮かんだ。灰を少し取って鑑識に回しました。

プール退場。

＊

ベン登場。

ベン　ロンドンに出て、ジリアンに会いました。大学で一緒だった頃、短い期間だったけれど、大いにセックスを楽しみました。今は結婚して、三人の子持ち、ロンドン南部郊外の幸せな暮らしを地でいくという感じ。今でも神経心理学に興味を持っているのか尋ねました。「とんでもない、そんなのみんな昔の話よ、今は子供たちのことで手一杯」。僕の質問がちょっと嫌味に聞こえたのかなと思ったくらい。二人のセックスも昔の話になっていたのでしょう。

照明落ちる。

＊

夕刻。

ベン　親父と夕食を摂るのかと思うと憂鬱になった。で、駅の近くのカフェでステーキを食べ、家に戻ったら、寝室に直行しようと考えた、急に時差ぼけに襲われたと（もっともらしい）言いわけをして。（レインコートを脱ぎ）居間でテレビの音がしていました。滅入りました。

ヘンリーがベンの方に行く。

ヘンリー　お帰り。どうだった、一日？
ベン　うん。楽しかった。父さんは？
ヘンリー　あゝ。異常なし。
ベン　警察からは何も？

ヘンリー　全然。
ベン　（欠伸をして）あゝ、疲れた。ほんと、へとへと。もう寝るよ、かまわなければ。
ヘンリー　一杯やってからにしないか。
ベン　無理だよ、父さん、ほんと。もうくたくた。時差ぼけだよ。
ヘンリー　ベン、頼む。話があるんだ。大事なことだ。
ベン　なに……？
ヘンリー　飲めよ。
ベン　飲みたくないんだ。大事なことって？
ヘンリー　（躊躇って）おまえが母さんのこと話したろ、不幸だって、父さん、嘘ついた。何も知らなかった。
ベン　（驚いて見つめ）なぜ、言わなかったの……？
ヘンリー　できなかった。待ってくれ。他にもあるんだ。お前に話さなきゃならんことがあるんだ。（再び躊躇って）問題はな、ベン――疲れてるのは分かってる、でも話さなきゃ――いいか、問題は父さんの責任だということ――
ベン　何が？
ヘンリー　何もかも……
ベン　何のこと？
ヘンリー　父さん、女がいる。（間）もっと前に話すべきだった。そうしたかったんだが。勇気がなかった。すまん。

ベン　母さん、知っていた？

ヘンリー　確信はないが。知らなかったと思う。

ベン　知っていたに違いない。

ヘンリー　何も言ってなかった。

ベン　気付いていたに違いない。

ヘンリー　あゝ。そうだと思う。（間）怒ってるか？

ベン　分からない。

ヘンリー　本当のこと言ってくれ。誤魔化さないでくれ。

ベン　誤魔化しちゃいない。

ヘンリー　六千マイル飛んできた意味ないだろう、どう思ってるか言わないんじゃ。

ベンは黙っている。

ヘンリー　父さんのせいだと思うだろ——

ベン　いつからその人と——？

ヘンリー　——そう思ってるはずだ——心の中で——

ベン　それで留守電にあの伝言残したの？

ヘンリー　そうだ。（間）そうなんだ、父さん――ベッドに横になって。母さんは眠っていた。急にパニックに襲われた。分かってたよ、いずれはばれることだって――でも、いつ、どんな風にして、どうなってしまうんだ？　修羅場が目に浮かんだ、涙と逆襲と。母さんがお前に話すだろうって思ったんだ、でも、母さんが父さんに事情を説明する機会すら与えてくれないことは分かっていた――当然だろう？――それで自分で話さなくては、何か言わなくちゃと思った、で、電話をかけて馬鹿げた伝言をのこした。真夜中だったんだよ、ベン、半分寝惚けてたんだ。すまない。

間。

ベン　誰なの、相手？
ヘンリー　ジョアンナ。

ベンは驚きもせず、頷く。

ベン　やっぱり、飲まなきゃ。

ベンは周りを見回して酒を探す。ヘンリーがそれらしいテーブルを指差す。

ヘンリー　あっちだ……

ベンはウィスキーを注ぐと一気に空ける。

ベン　叔母さんはどこ？
ヘンリー　友達と食事だ。

ベンがドアのほうへ行く。

ベン　シャワー浴びるよ。

ヘンリーはベンの腕を摑む。

ヘンリー　行かないでくれ。頼む、行かないで。
ベン　もう何も言うことないよ。
ヘンリー　そんな——頼む——話さなきゃ。

ベン、立ち止まる。

ヘンリー　だから――やめられなかったんだ。情事を。夜なんか、居間に坐っているとき、母さんを見ていると、あゝ、自分は何てことをしてるんだ？　そう思って、やめようとした――頭では分かっている――でもできなかった。力に押し流されていた。体が。分かるか？　肉体がすごい力で――

ベン　分かったよ、もう。

ヘンリー　目を逸らさないでくれ。聞いてくれ。

ベン　聞きたくない。

ヘンリー　聞いてくれなきゃ、頼む、お前には分かってもらいたいんだ――

ベン　もう部屋に行くよ。

ヘンリー　ただの遊びだったとは思って欲しくないんだ。

ベン　何だってかまやしない。

ヘンリー　どういうことだ？

ベン　やったことはやったことだろ。今になって議論なんか。

ヘンリー　怒ってるんだな。

ベン　聞きたくない、父さんのセックスの告白なんて。

ヘンリー　ただ説明しようとしてるだけなん――

ベンは唐突にヘンリーから離れる。

ベン　もう十分聞いた。疲れた。寝るよ。

ヘンリー　ベン、分かってくれ、頼む。父さんだって人間なんだよ、何が何だか分からないんだ。お前の専門だろ。自分の頭の中がどうなってるのか分からないんだ。誰かに助けて欲しいんだ。

ベン　それは、僕じゃないな、悪いけど。父さんは人間じゃなくて、僕の父さんなんだよ。父親っていうのは隣近所の人と寝たりしないもんだ。父親は母親と家にいるものだ。芝を刈って、請求書の支払いをして、いつまでも幸せに暮らすものだ。じゃ、明日。

ベン退場。間。ヘンリーはジントニックを作る。坐る。

＊

ケイト登場。

ケイト　友達と食事をしていたんです、ノリス・ウッドのオリヴァーご夫妻と。家に戻ると、兄が酔っぱらって、ソファで鼾をかいていた。起こしてベッドに行かせて。ベンに何があったのか尋ねました。「何も。疲れてたから、早く寝ちゃった」。ベンはロスに電話してもいいか聞きました。あの子が電話で誰かに、予定より早く帰ることにしたと言っているのが聞こえた。「こっちにいても、僕にできること何もないから」って。

ケイト退場。

＊

アレクサンダー登場。

アレクサンダー　週末が来て、また新しい週が始まりました。ジョーは客用の寝室で寝ました。ジョーが家を出なかったことは、微かにせよ光明と言えました。学校の月曜のミサで「冷たき流れを求むごと」を歌いました。あの讃美歌は大好きだ。子供の頃、学校でよく歌いました。

（歌う）　追はれし牡鹿喘ぎさ迷ひ
　冷たき流れを求むごと
　吾が魂は、おゝ、神よ、そなたを求め
　不滅なる恩寵を求め奉らん

アレクサンダー退場。

＊

ベン登場。

ベン プール警部に会って、ＬＡに帰ると伝えました。どうやら警部は、母はまず間違いなく生きている、失踪の原因は父のバーリー夫人との情事だろうと思っているようでした。そう、警部は父の相手を知って――少なくとも、推測は付けていた。何らかの進展があったら、どんなことでも知らせてくれるということでした。叔母の家を出るまでの耐えがたいこと。父が部屋から部屋へと後について来るのです、話したそうに、いかにも申しわけなさそうに。

ヘンリーがベンに近づく。

ヘンリー 飛行機は何時だ？

ベン 四時三十分。言ったろ。

ヘンリー 遅れたら困るぞ。十一時頃の電車がある。俺だったらそれに乗るな、いざという時のために。そうすれば、パディントンからヒースローまでの直通に乗り換えられる。

ベンはヘンリーの方を向く。

ベン 頼むよ、父さん――止めてくれ！

ヘンリー　止めるって？
ベン　何事もなかったような振りをするのは止めてよ。うんざりだよ、いつもそうなんだから！
ヘンリー　何が？
ベン　母さん前に言ってた、父さんと大事な話をしようとすると、そのたんびに、父さんはクッションをトントンなおしたり抽斗を閉めたりし始めるって。いつもそうなんだ。

ヘンリーは呆気に取られたようすで、息子を見つめてじっと立っている。

ベン　恐ろしいことが起こってるんだよ。ぞっとするようなことが。僕たちの人生は今までとは変わってしまうんだよ。永遠に。もしそうでないとしたら、何もかも無意味じゃないか、母さんの生も、死も、何もかも。
ヘンリー　すまない。
ベン　それから、自分を責めるのも止めてくれないか。そう、確かにある程度は父さんのせいさ――そうかもしれない、少なくとも――でも父さんだけじゃないんだ。僕はどうなんだ？　母さんを助けなきゃいけなかった、何かするべきだった。母さん、僕に不仕合わせだって言ったんだものーー僕はそれをほったらかした。カリフォルニアにいることをいいことに。「遠すぎるよ、何もできやしない」って。母さんに背中を向けたんだ。分かる、僕がどんな気持ちか？　止めてよ、自分しかないんだから！

ベン退場。

ヘンリー　すまない。

＊

冬にしては明るい朝。

ヘンリー　息子が帰る姿を見送るかと思うと耐えられなかった。歯医者に行くと言って、振り返ることもできずに車で出かけてしまいました。どこという当てもなく走りましたが、ふと気が付くと、ジョアンナと走ったあの道でした——あの最初の日、バーフォードに行った時。夏に車を停めた丘の上で車を停めました。またベン・ウェブスターのテープをかけて。カントリーサイドはとても美しかった。澄み切った青い空。そして昼間だというのに、霜が足の下で小気味のいい音を立ててた。
あのホテルに寄って昼食を摂ろうと思いました。

ホテルの支配人、バセット登場。

バセット　おはようございます、何なりとご用を。
ヘンリー　おはよう。

バセットはヘンリーに気が付く。間。

バセット　こちらに何か用事でも?
ヘンリー　食事を――テーブルは空いている?
バセット　どうかお帰りください。このホテルにお迎えするわけには参りません。
ヘンリー　何だって……?
バセット　お引き取りを、プリースさん。
ヘンリー　何を言ってるんだ?
バセット　言われたとおりになさい。
ヘンリー　別に何もしちゃいないだろう。
バセット　あなただって、自分の家に野蛮人を招き入れはしないでしょう。あなたは野蛮人だ。あなたたちのように倫理観のない人間がこの国を駄目にするんだ。
ヘンリー　馬鹿言うな!
バセット　いいや。ごく当たり前の品位や礼儀すら蔑ろにされるご時世とはいえ、侮辱としか言えませんな、私のホテルを淫売宿か何かのように使うとは。

バセットはヘンリーの腕を摑む。

バセット　お帰りを。

ヘンリー　止めろ。

バセット　恥を知らないのですか？　自制心をお持ちではないので？

ヘンリーはもがいて逃れようとする。

ヘンリー　放せ！　放すんだ！

バセットはヘンリーをドアの方へ連れて行く。

バセット　出てって頂きましょう！

ヘンリー　手を放すんだ！　触るな！

バセット　来い――お帰りを！

ヘンリー　よくも、貴様！

ヘンリーはバセットの鳩尾に一発お見舞いする。不意を突かれたバセットは呻いてよろける。ヘンリー、詰め寄る。

バセット　止めろ——馬鹿な真似を——

ヘンリー　よくもあんなことを！　——よくも、貴様！

バセット　いい加減にしないと——

ヘンリーは再びバセットに殴りかかる。バセットは——素手での格闘に熟達している——ヘンリーを投げ飛ばし、道具の一部にぶつかる。ヘンリーの姿は見えなくなる。壊れた道具はすぐに直されること。電話が鳴る。ケイトが登場して受話器を取る。

ケイト　もしもし？

バセット　プリースさんのお宅で？

ケイト　そうですが？

バセット　初めまして。バセットと申します。バーフォードのグリーブ・コート・ホテルの支配人ですが。

ケイト　はあ？

バセット　お兄様のことでございますが。

ケイト　どうかしまして？
バセット　事故がございまして——
ケイト　まあ？
バセット　ご心配には及びません、それほどひどいお怪我では。
ケイト　何があったんです？　今どこに？
バセット　ジョン・ラドクリフ病院の外来にお連れしました。お連れ帰り頂いたほうが。ご自分で運転は無理かと存じます。
ケイト　まあ！

ケイト急いで退場。バセット退場。

＊

宵の口。ヘンリーが包帯をぐるぐる巻きにされて坐っている。左腕にギプス。プール登場。

プール　ご気分は？

返事はない。

プール　あの男、ウィルトシャー地区の空手チャンピオンだとか。もちろん、あなたがそれを知る由もない。（坐る）どれほど腹をお立てになったか、よく分かります。自分の考えに揺るぎない信念を持っている連中というのは、まったく癇に障るものです。連中は疑うという美徳をおよそ持ち合わせていない。知性のない奴に限って、何事につけ確信を持ちたがる——道徳観となると殊に始末に負えない。煙草、かまいませんか？

返事はない。プールは煙草に火を点ける。

プール　私に言わせれば——すべては生物学的な問題です。遺伝の。あらゆるものは原始人まで遡る、生存競争の時代にまで。何万年も前のことですよ。何よりも優先されるのは種そのもの——種の保存と繁栄。現代のわれわれが罪悪と見なし、不道徳と考える行為は、実は、かってそれが種の繁栄に害を及ぼすと思われたからに他なりません。人間がみな嘘を言っていたら、言葉には価値がなくなり存在意義もなくなる——だから、本当のことを言いましょう。性的な再生産、つまり繁殖は、二人の人間の遺伝子の結合によって種が豊かなものになる、したがって善きことと言える。しかし近親間の交わりは善きものではない、遺伝子の結合が限定されてしまうわけで、種にとっては価値が減ずるのです——だからこそ、近親相姦は避けなくてはならない。われわれは遺伝子が与える衝動に支配されているのです。望ましいものもあれば、忌むべきものもある。神、つまり善悪を決める神という概念が生まれたのはずっと後のことです。神とともに天国やら地獄やら、その他もろもろの概念が生まれた、罪の意識やら羞恥心やら、その他いろいろね——そのときから、道徳と迷信とがどうしようもなく、ごっちゃにされてしまったんです。「不貞をはたらけば地獄の業火に焼き尽くされる」なんてね。その結果、秘書と寝たがっている男は、シャワーで頭を冷やしてから妻の待つ自宅に戻る。といって、少しも道徳的なわけではない、ただ怖がっているだけです。人間が不道徳なことを避けようとするのは、梯子の下をよけて通るのと同じことです。自分の身に何か面倒が降りかかるのを怖れているに過ぎない。言うまでもなく、誰しも自分の行為は、素朴な恐怖感や理性を忘れた衝動に衝き動かされたものではなく、何かもっと本質的なものだと思いたい——だからこそ、いい加減な権威を総動員してでもいかにももっともらしい知的装飾を施すんです、いわく、『わが国における道徳の重要性』——『常識人ならこう考える』——『キリスト教徒の生き方』——そんなもの、本当はありはしない。曖昧でいい加減なきまり文句でしょうが。つまり道徳的真実など存在しない、あるのは道徳的気分だけという事実を隠蔽するために過ぎんでしょう。だから私は哲学に見切りをつけて警官になったのです。何が善で何が悪か思い悩む必要がありませんからね——それは法律に任せればいい。道徳的な判断をしろなどと言われたら、お手上げです。（起ち上がり）われわれが見失っているのは、道徳的なルールが実は実際的なルールでもなんでもないということ——クリケットやモノポリーのルールなどとはまったく異なるものだということです。そう、いわばズボンのようなものでね、体が大きくなったり体型が変わったりしたら、取り替えることができる。ところが、われわれは道徳的なルールが交換可能だということを必死で忘れたがる。クリケットやら何やらの実際的なルールのほうが対処しやすい、他人を非難していればすむんですから——親だとか神様とか、あるいはモノポリーのゲームそのものとか。ところが二人の人間の合意に基づく事柄となると、話は別です、自分以外非難のしようがない。あなたとバーリー夫人の情事はどうです。恐らく、あなたを実際に苦しめているのは情事そのものではないでしょう、むしろ自分が平気でそれをしてしまったという事実が——そしてそれにともなう裏切り、嘘、でっち上げ、自分が苦もなくそれらをやってのけたという事実が、あなたを苦しめている。道徳上の選択権を自らの手に引き受けた代価というべきでしょうな。大いなる——時には危険でさえあり得る——自己認識。たまたま、そこに通ずるドアが開いていた。閉まっていてくれさえしたらと思ってらっしゃるのでしょう。（煙草の火をもみ消す）そうだ、息子さんから電話がありましたよ。お母様のことで何かニュースはないかって。グリーブ・コート・ホテルでの騒ぎの件は話しませんでした。（ドアの方へ行き）支配人は裁判沙汰にはしないそうです。でも、壊れた物の弁償はなさらなくては。お分かりでしょうな？

プール退場。ヘンリーに当たっていた照明が落ちる。

＊

昼間。アレクサンダー登場。

アレクサンダー　高速の十一号線をケンブリッジに向かって走っていました。ジョーは助手席に坐って、すっかりふさぎ込んでいた。半時間も黙ったまま。ふと考えた、このまま中央分離帯に突っ込んだら、二人とも即死、今の惨めな状態も終わるなって。金属片が二人を切り刻み、血がフロントグラスに飛び散り、ジョーの悲鳴が聞こえる。一瞬、アクセルを踏み込みました。そのとき出口九番の表示が目に入って。そこで降りることになっていた。私はおとなしくスピードを落とし側道に入り、ニューマーケット、テトフォード方面に向かいました。ふさいでいたジョーが少し元気になった。リトル・シェフに寄って、コーヒーを飲みました。隣のテーブルの男の子がトマトケチャップを妹のアイスクリームに掛けてしまい、みんなで大笑い。再びドライブ。ジョーがレストランで買ったカセットを掛けました。ベン・ウェブスター。素晴らしい曲だった。

アレクサンダー退場。

＊

包帯のすっかり取れたヘンリーが登場し、テーブルに着く。ジョアンナ登場、ヘンリーの方へ行く。二人は互いに頬にキスをする。ジョアンナ、腰を下ろす。

給仕が二人に食事を出す。

ヘンリー　会えてよかった。

ジョアンナ　そうね。元気？
ヘンリー　どう。元気？
ジョアンナ　ええ。
ヘンリー　アレクサンダーは……？
ジョアンナ　元気よ。
ヘンリー　知ってるの、僕たちが昼食、一緒だっていうこと？
ジョアンナ　ええ、当然。
ヘンリー　彼、気にしてない？
ジョアンナ　どうして、何を？

間。二人食べる。

ヘンリー　とても遠くに感じる。
ジョアンナ　そう？
ヘンリー　僕たちのことだよ。
ジョアンナ　分かってるわ。
ヘンリー　そうは思わない？
ジョアンナ　時々。

ヘンリー　時々、あんなことがあったなんて信じられなくなる。
ジョアンナ　時々、とても近くに感じる。
ヘンリー　あゝ。

間。二人食べる。

ジョアンナ　引っ越すの。
ヘンリー　何だって？　どこに？
ジョアンナ　ノーフォーク。アレクサンダーに声が掛かって。今よりいい学校なの。
ヘンリー　いつ？
ジョアンナ　じきよ。来学期の始めから。
ヘンリー　引っ越したいの？
ジョアンナ　いいんじゃないかしら。ノーフォークはいいところだし。ヨットもできるし。
ヘンリー　知らなかったよ、ヨットが好きだなんて。
ジョアンナ　そう？

間。

ヘンリー　よかった、アレクサンダーが大丈夫で。彼の生活を壊したくなかった。
ジョアンナ　心配ないわ。
ヘンリー　でも、すんでのところで。
ジョアンナ　あなたが悪いんじゃない。
ヘンリー　君を昼食に誘ったことから、何もかも。
ジョアンナ　そうじゃなくても、同じことよ。
ヘンリー　同じ？
ジョアンナ　そうよ。うまくいってなかったもの、アレクサンダーとあたし。
ヘンリー　でも、今はずっといいんだろう？
ジョアンナ　ずっと、えゝ、ずっとね。

間。二人食べる。

ジョアンナ　アンジェラのことは、何か？
ヘンリー　何も。
ジョアンナ　いなくて寂しい？
ヘンリー　時にはね。いろいろなんだよ。時々、あいつのことを思い出せないことさえある。そうかと思うと、スーパーの袋を一杯抱えて、あいつが今にもキッチンに入って来るような気がする時さえある。

間。二人食べる。

ジョアンナ　本のほうはどうなって？　終わった？
ヘンリー　いいや。
ジョアンナ　完成させなきゃ。いい仕事じゃないの。
ヘンリー　意味ないさ。
ジョアンナ　そんなことないわ。
ヘンリー　まったく無意味。
ジョアンナ　そう思うのは、落ち込んでるからよ。

ヘンリーからは何の返事もない。

ジョアンナ　ベンは原稿読んだ？
ヘンリー　あいつは興味ないんだ、ああいうものに。
ジョアンナ　見せたの？
ヘンリー　いいや。

ヘンリー、ワインを啜る。

ジョアンナ　先週、姉に会ったわ。あなたのこと聞いてた。「あの人どうしてる、あんたが働いていた人?」姉は何も知らないの――何があったか。
あたし自分が姉みたいな暮らしをすると思っていたのね。子供たち、アガの大型レンジにヴォルヴォのステーションワゴン。
アレクサンダーと結婚しようなんて思いもしなかった。あの人と寝たのは、若い娘の一時《いっとき》の熱中ね。見つかるとか、そんなこと考えてもみなかったわ。

顔を上げてヘンリーを見る。

ジョアンナ　あなたの時は違った。愛していた。

ヘンリーは相手を見つめる。ジョアンナはヘンリーに手を差し出す。ヘンリーは応えない。ジョアンナ、手を引っ込める。

ジョアンナ　もう帰ったほうがいいわね。あまり遅くなれないの。

ジョアンナは起ち上がりヘンリーを見下ろす。

ジョアンナ　ご免なさい。
ヘンリー　何が？
ジョアンナ　あたしさえいなければ、こんなことにならなかったのに。
ヘンリー　つまらんことを。
ジョアンナ　でも、そうなんだもの。
ヘンリー　どういうことか分からない。
ジョアンナ　あなたと寝たかったの。企んだの、そうなるように。慎重にね。

ヘンリーはジョアンナを凝視する。

ジョアンナ　罪の意識なんて持たなくていい、あなたは。

ヘンリーは陰気な笑い声を上げる。

ジョアンナ　少しもね。アンジェラは気がついた。それで出て行った。全部あたしのせい。

ヘンリー　ばかばかしい。
ジョアンナ　あなたが悪いんじゃない。ヘンリー。
ヘンリー　分かっちゃいないな。僕があいつを殺したんだ。

ジョアンナはヘンリーを凝視する。

ジョアンナ　何ですって？

間。

ヘンリー　十時五分過ぎくらいだった。警察に電話をかけた直後だ。玄関で物音がした。行ってみるとアンジェラだった。「どこに行ってたんだ？　たった今、警察に連絡したんだ」「えゝ、知ってる」あいつが答えた、「聞こえたわ」。アンジェラは僕の脇をすりぬけて居間に入って行った。笑っていた。「今日はどうでした？」そう聞くんだ、「ご一緒だったんでしょう、あの方と」。僕はアンジェラを見つめるしかなかった。何て言えばいいのか分からなかった。あいつは喋りつづけた。君のことを「あの方」って呼び続ける。「あの方のお味はいかが？」「あの方、おいしい？」──驚いたって言うんだ、僕がまだやりかたを憶えていたなんてって。それから腰を下ろして、テレビを見ている振りをした、僕を困らせるために。僕は重いガラスの灰皿を取り、思い切り殴りつけた、側頭部だった。こめかみのあたり。アンジェラは前のめりに倒れた。もう一度殴った。シーツを取って来てくるんだ。庭の奥まで運んで、下草を片付け始めていた辺りに隠した。その後さ、警察が来たのは。若い警官だった、心配するなって言っていたよ。翌日早く起きると、サイレンセスターで借りた火炎除草機を使って死体を焼いたんだ。深い穴を掘ってアンジェラを抛りこみ、落ち葉や下草を被せた。そうしておいて何もかも火炎除草機で焼いた。

ジョアンナはとても静かに立ったままヘンリーを見つめている。

ジョアンナ　何ていうこと。何ていうことを。

ジョアンナは走り去る。ヘンリーは両手で頭を抱えて揺する。啜り泣いている。

＊

ケイト登場。

ケイト　ヘンリーは私のところにいるのも、ストーク・アンバリーの家に戻るのも嫌がって、高速四号線にあるモーテルに引っ越しました。奇妙だわ、あんなに高速が嫌いなのに。ひと月ほどして、自宅を売りに出して、ロンドンに戻ることにしたんです。フィンチリー・ロードの近くにアパートを見つけました。兄が出て行ってくれてほっとした。兄のことはとても好きだけど、同じくらいうんざりもしていた。あの異常ともいえる几帳面さと綺麗好きにうんざり。一緒に暮らすのは難しい。そのうえ異常なほどの確認癖。何であれ、二度確かめないと気がすまない。ある晩など、寝る前にガス栓が閉まっているか確認している兄を見て、あたし、すんでのところで叫びそうになったほど。たぶん、それでアンジェラは家出したんだわ。うんざりしたのよ、あの人も。

ケイト退場。

*

夕刻。夕闇が迫って陰影が濃い。ヘンリーがカップと受け皿を新聞に包んでティー・チェストに詰めている。傍らにもう一つ、一杯に物を詰めたティー・チェストがある。アレクサンダー登場。

アレクサンダー　やあ、ヘンリー。元気かい？

ヘンリーはアレクサンダーを見るが何も言わない。

アレクサンダー　お別れを言いに来たんだ。木曜日に引っ越す。君も引っ越すんだってね。

ヘンリーは頷く。

アレクサンダー　調子は、どう？
ヘンリー　いいよ。
アレクサンダー　本当のこと言ってくれなきゃ。

ヘンリーは応えない。

アレクサンダー　落ち込んでるんだろう。

ヘンリーは応えない。

アレクサンダー　何か手伝えないかな。
ヘンリー　別に何もないさ。
アレクサンダー　何かできると思うんだ。

ヘンリーの傍に行き、しゃがむ。

アレクサンダー　子供の頃、牧師になりたかった。それが天職だと思ったし、向いていると思っていた、大人になるにしたがって、神から離れてしまったんだ。ジョーを失ったと感じた時、また祈るようになって。神に許しを求めたよ。祈りが通じて、ジョーは戻ってくれた。

ヘンリーはじっと動かず、黙ったまま。

アレクサンダー　ジョーから君の言ったことを聞いたよ。アンジェラのこと。ジョーだって、本当の話じゃないことは分かっている。君の作り話だっていうことは。でも、ジョーにはなぜだか理解できない。僕には分かる。十分理解できる。

ヘンリーの手を取って。

アレクサンダー　神はわれわれすべてを心にとめ、愛してくださる。神の救いを求め、許しを乞うことだよ。神の恵みに縋るんだ、ヘンリー。神の慈悲に限りはない。

ヘンリーはアレクサンダーを見、優しく包むアレクサンダーの手から自分の手を引く。間。

ヘンリー　いいかい。問題は、われわれ誰もがとんでもない誤解をしていることだ。人類を輝かしい神の創造物の頂きだと思い込んでいるんだから。ばかばかしい。人類は神の野心のなれの果てさ。そう。たとえば、箪笥や引出しを見事に造っていた大工が、エッフェル塔やボーイング七四七に手を出したようなものだ。勿論、惨めな失敗をやらかす、慌てて本来の箪笥や引出しに舞い戻る。神も人間にまで手を広げ過ぎたのさ。樹木までなら見事なもんだった。あれを見てみろ。完璧じゃないか。目に浮かぶようだ、神が樫や楓やブナの木陰に腰を下ろして辛抱強く待っている、人類が自滅するのを。間違いなくそうなる、しかも、ごく近い内に。人類なぞ、過ちから生じたもんなんだ。染みだ。トランプの捨て札さ。神の手違いの賜物。誰がこんなわれわれのことを気にかける?

アレクサンダーは一瞬黙っている。

アレクサンダー　いろんな意味で、僕は自分がいけなかったと思っているんだ。気が付かなきゃいけなかった、何か燻っているって。そう、今にして思えば——思い当たることばかりだ。目が見えなかったか愚かだったか。両方だったのかもしれない。

アレクサンダーはヘンリーからの何らかの返答を期待しているが。何もない。彼は住所変更通知のカードを出す。

アレクサンダー　それはともかく——これ、新しい住所。是非、連絡して欲しい。

ヘンリーはカードを受け取る。

ヘンリー　どうも。

アレクサンダー　幸運を祈ってる。

ヘンリー　君も。

アレクサンダー退場。

*

日差しの明るい日。プール登場。

プール　ボーンマスに住む友人が地方紙の切抜を送ってくれました。ヘンリー・プリース氏は（今は退職している）昔のパートナー、グレアム・ウォーカーを訪ねてそこに滞在していたらしい。街のスーパーで買い物をして車に戻る時、駐車場から出て来た車の運転席に、誰か知り合いの顔を認めたらしく、目撃者の証言によると、氏は手にした買い物袋を抛り出して、夢中になって出て行く車の方に駆け出したという。何か叫んでいたそうですが、誰にも聞き取れなかったとか。

ヘンリー　アンジェラ！　――待ってくれ！　アンジェラ！

プール　脇目も振らずに。配達のトラックが反対方向から来ていて、運転手はブレーキを踏む間もなかった。ヘンリーは病院に向かう救急車の中で死にました。プリース夫人については、その後何も聞いていません。悲惨な姿で発見でもされれば、当然、新聞に大きな見出しが載ったはずです。したがって、夫人は今も元気に、どこかで新しい暮らしを始めていると思われます、静かで幸せな暮らしを。しかし、言うまでもなく、その種のニュースが新聞の一面を飾ることは、決してありません。

――幕――

上演記録

上演期間　平成十二年（二〇〇〇年）四月十一日〜二十一日
上演会場　三百人劇場

★スタッフ

演出　村田　元史
美術　濱名　樹義
照明　渡辺　省吾
音響　山北　史郎
衣装コーディネイト　加納　豊美
音楽協力　上田　亨
演出助手　柴田恵理子
舞台監督　富士川正美
舞台監督協力　黒木　辰男
制作　荒川　秀樹

★キャスト

ヘンリー・プリース　山口　嘉三
アンジェラ・プリース　久保田民絵
ベン・プリース　田島　康成
アレクサンダー・バーリー　北川　勝博
ジョアンナ・バーリー　要田　禎子
ケイト・プリース　寺内よりえ
クライヴ・プール警部　金子　由之
バセット　仲野　裕
ウェイター　金房　求

ヒュー・ホワイトモアとその作品

これは一九九九年にAmber Lane Pressから出版されたHugh Whitemoreの新作戯曲“Disposing of the Body”の翻訳であり、ロンドンでは同年七月十三日にハムステッド劇場で初日を開け、好評を博したものである。

著者ホワイトモアは一九三六年生まれ。六〇年代初頭からテレビのシナリオ作家として活躍し、幅広いジャンルの作品を数多く生み出している。その後映画のシナリオにも手を染めるが、日本では『チャリング・クロス街八十四番地』（ヘレン・ハンフ原作）が一番知られていよう。七一年には『エリザベスR』というテレビ番組のシリーズのうち、権力の裏に渦巻く醜い陰謀を描いた“Horrible Conspiracies”によりエミー賞を獲得。八四年にも同賞を獲得したほか、作家協会賞、イタリア賞、ニール・サイモン賞等、数々の賞を受賞している。

七〇年代になると劇作にも活躍の場を広げるが、初期の作品にはテレビ的手法が目立つ。八六年に上演された“Breaking the Code”が戯曲としては最初の成功作と言ってよい。これは実在の数学者アラン・チュアリングを主人公にした作品で、原題に見られるようにチュアリングによるドイツ軍の「暗号解読」を描いているが、実はこの原題にはもう一つの意味が含まれている。それは英国の「規範の打破」。チュアリングは同性愛者であり、それゆえに逮捕された経歴の持ち主でもあるが、この

「暗号解読」と英国の乙にすました「規範」を「打破」しようとするチュアリングの格闘が交錯して筋が展開している。

テレビのシナリオに比べると戯曲においては寡作な作家といえるが、訳者がたまたま観る機会に恵まれたのは、八七年に上演された"The Best of Friends"という作品である。これは二〇〇〇年の五月に亡くなった名優サー・ジョン・ギールグッドの最後の舞台（映画やテレビにはその後も数多く出演した）となったものでもある。この作品は、バーナード・ショーとケンブリッジ大学のフィッツウイリアム美術館長シドニー・コカレル、そしてスタンブルック寺院の尼僧ロウレンシア・マクロクランの、四半世紀以上に及ぶ交流と温かい友情を、彼らの手紙と著作をもとに劇化したものである（ちなみにギールグッドはコカレルを演じた）。

さて、この"Disposing of the Body"という原題だが、素直に訳せば『死体処理』となろう。しかし、内容をつぶさに見ていくと、どうしてもひとつの訳では物足りないと思われた。第一義的には確かに死体の処理であろうが、会社を辞めた男の身の処し方、過去の清算、欲望の処理、など多義的なニュアンスを含んでいると考え、『肉体の清算』という甚だ曖昧な、悪くすれば原題からずれているとの誇りを受けかねない邦題を敢えてつけた。

一つには「死体処理」とした場合、ヘンリーがアンジェラを殺したという先入観を役者にも観客にも与えることは間違いあるまい。が、それは訳者としては本意ではない。

一幕の終わりから、俄然サスペンス仕立てになるためか、前記、日本での初演時にも、終幕近くで

「僕があいつを殺した」とジョアンナに言うヘンリーの言葉をそのまま鵜呑みにする観客がかなりあったらしい。おそらく「灰を鑑識に回した」という警部の科白に惑わされてのことかもしれないが、プール警部はその後この灰のことには何も触れていない(重視していない)。そのほか、殺していないと考えられる理由や疑問を幾つか挙げておく。そもそも火炎除草機で人間を骨まで焼き尽くし(短時間で!)灰にすることなど可能か、プール警部はこの事件を殺人事件として真剣に対処しているか。灰を鑑識に回した段階より後で、警部はベンに向かってアンジェラは「まず間違いなく生きている」と言っている。また、終幕でアレクサンダーはヘンリーに、「……アンジェラのこと。ジョーだって、本当の話じゃないことは分かっている。君の作り話だっていうことは……」と言っているが、この段階では、作者がアレクサンダーを妻を寝取られただけの脳天気な男として描いてはいないので、このアレクサンダーの言葉は信頼できる。(仮にヘンリーが殺していたとすると、このアレクサンダーの科白を受けたヘンリーの科白が、鉄面皮な殺人者でも罪に慄く殺人者でもなく、神についてばかり語るのはなぜか。)そして、幕切れ、プール警部はアンジェラが生きているという確信を語り、しかもアンジェラは恐らく「今も元気に……新しい暮らしを始めている……静かで幸せな暮らしを」と、希望を与える科白を語って終わる。勿論これらはすべて、いわば傍証に過ぎないとも言えるが。

ヘンリーがアンジェラを殺したとして、確かに、その方が謎がすっきり解決したかに見え、日本の観客としては落ち着きやすいかもしれない。だが、この作品は単なるミステリーやサスペンスで観せるドラマではない。解決や結論が提示される類の戯曲ではない。

一幕冒頭でヘンリーは、人の顔に見える木の瘤の話をしている。そして二幕幕切れ近く、科白としてはヘンリーの最後の科白ともいえるアレクサンダーとの遣り取りでは、木陰に腰を下ろしている神の話をしている。この対応する科白から見えてくるのは、神を見失った一人の男がすべてを――仕事、人生、生活、家族、愛人――あらゆるものを失い、自らをも見失って自滅して行く様であり、幕切れの警部の報告にあるように、物語は彼の死で終わっている。

アンジェラ失踪後の二幕が如何に展開していくかを見てみると、焦点はよりはっきりしてくる。失踪したアンジェラのことが語られていないわけではないが、ここでは常にヘンリーを中心に、ヘンリーが他の登場人物と如何に関わっていき、何を如何に失っていき、まるで抜け殻のようにあらゆる意味で空洞化していくかが描かれている。ここに見られるサスペンスは観客の興味を繋ぎ止めるに十分なものであっても、犯罪推理劇の謎解き的要素は全くない。母親の、あるいは隣人の失踪を心配する科白はあっても、警部はそれに対してロジックと一般論のみで対応しているに過ぎず、アンジェラの行方は本筋において一度として焦点を当てられてはいない。飽くまでもヘンリーの心の動き、精神の崩壊ともいえる姿に焦点が当て続けられている。

おそらく、作者はモラル（あるいは宗教心）を失った現代を描きたかったのであり、モラルを失うこと、あるいは捨てることは、どういうことかを考えているのであろう。形骸化したモラルをホテルの支配人を通して描いてもいる。いや、そもそもモラルは存在するのかどうか、作者はそこまで考えろと我々に問題を投げかけている。そう考えた時、この作品は人を殺したとか殺さぬとかいった推理劇ではなく、現代に生きる人間の根幹に関わるテーマをメッセージにした問題劇とさえ言えないか。

神は死んだのか、この世に善悪はあるのか、罪とは何か、誰が誰をどうやって罰し得るのか、こういった、はなはだ西洋的なキリスト教国らしいテーマを、平均的な英国人の家庭を舞台に描いた作品なのであろう。

したがって多くの日本人の観客が、先に述べたような捉え方をしたのも無理からぬことであり、おそらくこれは民族の違いがもたらすものと考えてよかろう。よかれあしかれ我々日本人は勧善懲悪の世界に住み、善と悪との二元論に安住したがる。

そこで、話は戻るが、邦題を「死体処理」といういかにも推理劇的なものにしてしまうと、どうしても初めから殺人のイメージが強くなり、必要以上に誤解を生じさせるのではないか、敢えて『肉体の清算』とした所以である。

最後になったが、戯曲の出版という、今のご時世にこの上なく困難な企画を、いつも快く引き受けてくださる而立書房の宮永捷氏に心から御礼申し上げる。

平成十三年三月七日

福田　逸（ふくだ　はやる）
明治大学教授、劇團 昴代表、演出家
翻訳『エリザベスとエセックス』『名優 演技を語る』『空しき王冠』
『ウィンズロウ・ボーイ』『三人姉妹』『ワーニャ伯父さん』
『谷間の歌』『アーサー卿の犯罪』（共訳）など。
演出『ジュリアス・シーザー』『マクベス』『リチャード三世』
『ウィンズロウ・ボーイ』『ヴァイオリンを持つ裸婦』『谷間の歌』
などの他に、新作歌舞伎『西郷隆盛』『武田信玄』『忠直卿行状記』
『新書太閤記』『お國と五平』など。

肉体の清算

2001年7月25日　第1刷発行

定　価　本体1500円＋税
著　者　ヒュー・ホワイトモア
訳　者　福田逸
発行者　宮永捷
発行所　有限会社而立書房
東京都千代田区猿楽町2丁目4番2号
電話 03（3291）5589／FAX 03（3292）8782
振替 00190-7-174567
印　刷　有限会社科学図書
製　本　大口製本印刷株式会社

落丁・乱丁本はおとりかえいたします。

ISBN 4-88059-275-7 C0074
装幀・神田昇和